La vida de Chuck

Stephen King es autor de más de sesenta libros, todos ellos best sellers internacionales. Sus títulos más recientes son *No tengas miedo*, *Si te gusta la oscuridad*, *Holly*, *Cuento de hadas*, *Billy Summers*, *Después*, *La sangre manda*, *El Instituto*, *Elevación*, *El visitante* (cuya adaptación audiovisual se estrenó en HBO en enero de 2020), *La caja de botones de Gwendy* (con Richard Chizmar), *Bellas durmientes* (con su hijo Owen King), *El bazar de los malos sueños* y la trilogía Bill Hodges (*Mr. Mercedes*, *Quien pierde paga* y *Fin de guardia*). La novela *22/11/63* (convertida en serie de televisión en Hulu) fue elegida por *The New York Times Book Review* como una de las diez mejores novelas de 2011 y por *Los Angeles Times* como la mejor novela de intriga del año. Los libros de la serie La Torre Oscura e *It* han sido adaptados al cine, junto con parte de sus clásicos, como *Misery*, *El resplandor*, *Carrie*, *El juego de Gerald* y *La zona muerta*.

Para más información, visita la página web del autor: www.stephenking.com

También puedes seguir a Stephen King en X:
🅇 @StephenKing

Y conoce todas las novedades del autor en lengua castellana en:
🅕 Todo Stephen King
🅇 @todostephenking

STEPHEN KING

La vida de Chuck

Traducción de
Carlos Milla Soler

DEBOLS!LLO

Papel certificado por el Forest Stewardship Council®

Título original: *The Life of Chuck*

Primera edición con esta presentación: octubre de 2025

Printed in Spain – Impreso en España

ISBN: 978-84-663-9023-1
Depósito legal: B-16.290-2025

Impreso en Black Print CPI Ibérica
Sant Andreu de la Barca (Barcelona)

P 3 9 0 2 3 1

INTRODUCCIÓN

Este relato no debería haber existido, al menos no en la forma que finalmente tuvo. El hecho de que se haya convertido en una película —una *excelente* película, en mi modesta opinión— era aún menos probable. Y sin embargo aquí estamos.

La vida puede estar llena de sorpresas desagradables, como casi todos sabemos, pero —como casi todos sabemos— de vez en cuando ocurre algo bueno. Estoy tentado de decir «Es gracias a las cosas buenas que toda la demás mierda merece la pena», pero a ese respecto todavía no hay veredicto. Lo único que puedo hacer es contaros cómo cobró forma esta cosa buena en particular; a vosotros os corresponderá extraer conclusiones sobre el resto. Ver la película, sobre todo los transcendentes minutos finales, puede ayudaros a ese respecto.

Los relatos llegan cuando quieren; uno solo ha de estar abierto a su llegada. Un día, durante mi paseo de la mañana, iba yo reflexionando sobre un proverbio africano que dice: «Cuando muere un anciano, arde una biblioteca». (Es posible que estuviera pensando en ese proverbio en concreto porque yo mismo tengo ya mis años). El proverbio me llevó a pensar en el *Canto a mí mismo* de Walt Whitman, donde dice «Soy amplio, contengo multitudes». Pensé: «¿Y si no es una biblioteca lo que arde cuando muere un hombre? ¿Y si es el mundo entero? ¿*Su* mundo?».

La idea me gustó lo suficiente como para escribir un relato titulado «La vida de Chuck», en el que el mundo entero —qué demonios, el *universo* entero— se apaga lentamente porque el hombre que lo percibía, un tal Charles Krantz, moría de un tumor cerebral.

Eso era todo. Historia concluida, corto y fuera. Lo guardé en un cajón, pensando que lo reescribiría más adelante.

Saltamos al futuro, un mes más o menos. Me encuentro en Boston para asistir a un par de partidos de los Red Sox, alojado en el hotel Mandarin Oriental (que mis hijos insisten en llamar Mandarin Orange, o «mandarina»). En la otra acera, frente a una farmacia, un joven tamborilea en un par de cubos de plástico vueltos del revés. En otras palabras, el típico músico callejero, que tiene delante un sombrero boca arriba para las donaciones. Esta vez pensé: «¿Y si un ejecutivo se parase y empezase a dar pasos de *jive*? ¿Y si empezase de hecho a bailar?». De pronto, una auténtica inspiración, de esas por las que vive un escritor: «¿Y si ese hombre fuera Chuck Krantz, a quien comienza a anunciársele el tumor cerebral?».

Eso era demasiado tentador para no escribir sobre ello, porque guardaba relación con la alegría de vivir, bajo la sombra de la muerte. Ni se me pasó por la cabeza que pudiera haber un tercer relato, pero me gustó la forma en que la vida de Chuck *retrocedía,* desde la muerte hasta sus últimos meses como hombre sano. Empecé a jugar con la idea de un último acto (que al final resultó ser el Acto I), en el que Chuck, en su infancia, aprende a bailar y descubre el secreto bastante desagradable que se oculta en la cúpula del abuelo. Yo quería que Chuck *supiera* que iba a morir. Porque, entendámonos, eso es algo que todos *sabemos,* ¿o no? Solo que hacemos como si el elefante en la habitación fuera un enorme sofá gris.

Al final, me encontré con tres relatos vagamente conectados. Tuve que pulirlos y podarlos un poco aquí y allá para engranarlos, pero al final encajaron.

Por suerte para mí, Mike Flanagan escribió un guion que convirtió el peculiar formato del relato, de atrás adelante, en una virtud y lo realizó como cine independiente en un momento en que se hacían pocas películas por el covid y las diversas huelgas de creadores de cine y televisión. Mike consiguió sacar adelante el proyecto porque el guion se escribió antes de la huelga y la propia película eludió a los grandes estudios de Hollywood.

En suma, queridos lectores, fue un milagro que el relato se escribiera, un doble milagro que un texto tan extraño se convirtiera en película y un triple milagro que la película sea una joya magnífica.

STEPHEN KING
30 de marzo de 2024

LA VIDA DE CHUCK

Acto III: ¡Gracias, Chuck!

1

El día en que Marty Anderson vio el cartel publicitario fue poco antes de que internet dejara de funcionar para siempre. Desde las primeras interrupciones breves, hacía ya ocho meses, el servicio había sido oscilante. Todos coincidían en que tenía los días contados, y todos coincidían en que ya se las arreglarían de una manera u otra cuando el mundo interconectado se quedara definitivamente a oscuras; al fin y al cabo, antes se las apañaban sin eso, ¿o no? Además, había otros problemas, como la extinción de especies de aves y peces, y ahora se sumaba a todo eso el asunto de California: se va, se va, y posiblemente pronto desaparecerá.

Marty salía tarde del colegio porque era el día que menos gustaba a los docentes de instituto, el día destinado a las reuniones entre padres y profesores. Tal como se desarrollaron, Marty tuvo ocasión de comprobar que, en general, los padres mostraban poco interés en comentar los progresos (o la ausencia de estos) del joven Johnny o la joven Janey. Casi todos querían hablar del probable final de internet, con lo que perderían irreversiblemente sus cuentas de Facebook e Instagram. Ninguno mencionó Pornhub, pero Marty sospechaba que muchos —tanto padres como madres— lamentaban también la inminente desaparición de esa web.

Por lo común, Marty habría vuelto a casa por la ronda de peaje —tarará tararí, en casa en un tris—, pero eso no era posible debido al hundimiento del puente del Otter Creek. De eso hacía cuatro meses, y no había la menor señal de obras de reconstrucción; solo barreras de madera con cintas de color naranja ya mugrientas y rotuladas por los grafiteros.

Con la ronda cerrada, Marty, para llegar a su casa en Cedar Court, se veía obligado a atravesar el centro junto con el resto de los habitantes de la zona este. A causa de las reuniones, no había salido a las tres, sino a las cinco, en plena hora punta, y un desplazamiento que antes le habría representado veinte minutos ahora le exigía una hora como mínimo, probablemente más porque tampoco funcionaban algunos semáforos. Todo el viaje era una parada tras otra en medio de incesantes bocinazos, chirridos de frenos, topetazos entre parachoques y manos en alto con el dedo medio extendido. Tuvo que esperar diez minutos en el cruce de Main con Market, con lo que dispuso de tiempo de sobra para fijarse en el cartel publicitario instalado en lo alto del edificio del Midwest Trust.

Hasta ese día era un anuncio de una compañía aérea, Delta o Southwest, Marty no recordaba cuál. Esa tarde la alegre tripulación de auxiliares de vuelo cogidos del brazo había dado paso a una fotografía de un hombre de cara redonda con gafas de montura negra a juego con su cabello negro y bien peinado. Sentado a una mesa con un bolígrafo en la mano, no llevaba chaqueta pero sí camisa blanca y corbata con un nudo impecable. En la mano con la que sujetaba el bolígrafo tenía una cicatriz en forma de media luna que por alguna razón no habían retocado en la foto. Tenía aspecto de contable, a juicio de Marty. Dirigía una sonrisa exultante al colapsado tráfico vespertino desde su elevada atalaya en el edificio del banco. Por encima de su cabeza se leía, en letras azules: CHARLES KRANTZ. Debajo del escritorio, en rojo, ponía: ¡39 MAGNÍFICOS AÑOS! ¡GRACIAS, CHUCK!

Marty nunca había oído hablar de Charles Krantz, «Chuck», pero supuso que había sido un pez gordo en el Midwest Trust para merecer una foto de jubilación en un cartel iluminado que medía unos cinco metros de alto por quince de ancho. Y si había trabajado casi cuarenta años, la foto debía de ser antigua, o de lo contrario habría tenido canas.

—O se habría quedado calvo —dijo Marty, y se atusó su propio cabello, ya escaso.

Cinco minutos después, en el cruce principal del centro, se abrió ante él un hueco momentáneo y se arriesgó a aprovechar la oportunidad. Se coló por ese resquicio con su Prius, tensándose en espera de una posible colisión e indiferente al puño amenazador de un hombre que se vio obligado a frenar en seco para evitar por escasos centímetros una embestida lateral.

En lo alto de Main Street encontró otro embotellamiento y de nuevo eludió un accidente por muy poco. Para cuando llegó a casa, se había olvidado por completo del cartel. Entró en el garaje, pulsó el botón que bajaba la puerta y se quedó allí sentado durante un minuto largo, respirando hondo y procurando no pensar que a la mañana siguiente tendría que volver a pasar por el mismo suplicio. Con la ronda cerrada, no había alternativa. Eso si quería ir a trabajar, claro, y en ese momento la opción de tomarse un día de baja por enfermedad (acumulaba ya muchos de esos) se le antojaba más atractiva.

—No sería el único —dijo al garaje vacío.

Sabía que eso era cierto. Según el *New York Times* (que leía cada mañana en su tableta si funcionaba internet), el absentismo laboral alcanzaba cifras récord en todo el mundo.

Cogió la pila de libros con una mano y el maletín viejo y ajado con la otra. Pesaba por todos los exámenes y trabajos que debía corregir. Así de cargado, salió como pudo del coche y empujó la puerta con el trasero para cerrarla. Se rio al ver en la pared su propia sombra ejecutando lo que parecía un baile funky. El sonido lo sobresaltó; en esos tiempos difíciles, la risa era cada vez más infrecuente. A continuación se le cayeron la mitad de los libros al suelo, lo que puso fin a cualquier asomo de buen humor.

Recogió la *Introducción a la literatura estadounidense* y *Cuatro novelas cortas* (en esos momentos hacía leer a sus alumnos de segundo *La roja insignia del valor*) y entró. Apenas había conseguido dejarlo todo en la encimera de la cocina cuando sonó el teléfono. El fijo, claro; por entonces la cobertura de móvil era casi inexistente. A veces se alegraba de haber conservado la línea fija, a diferencia de muchos de sus colegas, que en ese momento estaban verdaderamente colgados, porque desde hacía poco más o menos un año solicitar una nueva…, en fin, mejor ni intentarlo. Había más probabilidades de volver a utilizar la ronda de peaje que de llegar a los primeros puestos de la lista de espera, y también en las líneas fijas se producían cortes frecuentes.

El identificador de llamada ya no funcionaba, pero estaba tan seguro de quién se hallaba al otro lado de la línea que, nada más descolgar el auricular, dijo:

—Eh, Felicia.

—¿Dónde has estado? —preguntó su exmujer—. ¡Llevo una hora intentando ponerme en contacto contigo!

Marty le explicó lo de las reuniones de padres y profesores, y el largo viaje a casa.

—¿Estás bien?

—Lo estaré en cuanto coma algo. ¿Y tú qué tal, Fel?

—Voy tirando, pero hoy hemos tenido seis más.

Marty no necesitó preguntar a qué se refería. Felicia era enfermera en el Hospital Municipal General, donde ahora el personal sanitario se autodenominaba Brigada Suicida.

—Lamento oírlo.

—El signo de los tiempos.

Marty percibió en su voz un dejo de resignación y pensó que hacía dos años, cuando aún seguían casados, seis suicidios en un solo día la habrían dejado consternada, compungida e insomne. Pero, por lo visto, uno se acostumbraba a todo.

—¿Sigues tomando la medicación para la úlcera, Marty? —Felicia se apresuró a continuar antes de que él pudiera contestar—. No es sermoneo, solo preocupación. Que estemos divorciados no quiere decir que ya no me importes, ¿sabes?

—Lo sé y la estoy tomando. —Era una mentira a medias, porque el Carafate recetado por el médico era imposible de encontrar, y había recurrido al Prilosec. Dijo esa mentira a medias porque también él la apreciaba aún. De hecho, se llevaban mejor ahora que no estaban casados. Incluso mantenían relaciones sexuales y, si bien eran infrecuentes, resultaban muy satisfactorias—. Agradezco tu interés.

—¿De verdad?

—Sí, señora.

Abrió la nevera. Quedaba poca cosa: perritos calientes, unos huevos y un yogur de arándanos que reservaría para antes de acostarse. También tres latas de cerveza Hamm's.

—Bien. ¿Cuántos padres se han presentado?

—Más de los que esperaba, pero no todos ni mucho menos. En su mayor parte querían hablar de internet. Pensaban, por lo visto, que yo debía saber por qué falla continuamente. He tenido que insistir en que soy profesor de literatura, no experto en tecnología de la información.

—Sabes lo de California, ¿no? —dijo Felicia bajando la voz, como si le contara un gran secreto.

—Sí.

Esa mañana un terremoto devastador, el tercero del último mes y el peor con diferencia, había mandado al fondo del océano Pacífico otra porción enorme del Estado Dorado. El aspecto positivo era que ya antes se había evacuado a la mayor parte de la población. El aspecto negativo era que en ese momento centenares de miles de refugiados se desplazaban hacia el este, con lo que Nevada estaba convirtiéndose en uno de los estados más poblados de la Unión. Ahora en Nevada la gasolina costaba cinco pavos el litro. Pago solo en efectivo, y eso si quedaba algo en los surtidores.

Marty sacó una botella de leche de litro medio vacía, la olfateó y echó un trago pese al aroma ligeramente sospechoso. Necesitaba una copa de verdad, pero sabía, por amargas experiencias y noches de insomnio, que antes debía protegerse el estómago.

—Curiosamente —dijo—, los padres que se han presentado parecían más preocupados por internet que por los terremotos de California. Supongo que es porque las regiones granero del estado siguen todavía en su sitio.

—Pero ¿hasta cuándo? Según un científico que habló por la NPR, California está desprendiéndose como un papel de pared viejo. Y esta tarde se ha inundado otro reactor japonés. Decían que no estaba en funcionamiento, que no hay peligro, pero no sé si creérmelo.

—Cínica.

—Vivimos tiempos de cinismo, Marty. —Felicia titubeó—. Algunos piensan que vivimos el Fin de los Tiempos. Y no solo los fanáticos religiosos. Ya no. Se lo oyes decir a un respetado miembro de la Brigada Suicida del Hospital Municipal General. Hoy hemos perdido a seis, pero hemos conseguido revivir a otros dieciocho. En la mayoría de los casos, con ayuda de la naloxona. Pero… —Volvió a bajar la voz—. Los suministros escasean. He oído decir al farmacéutico jefe que podría terminarse antes de final de mes.

—Mal rollo —dijo Marty al tiempo que echaba un vistazo a su maletín.

Todos aquellos exámenes y trabajos pendientes de procesar. Todos aquellos errores ortográficos pendientes de corregirse. Todas aquellas subordinadas mal construidas y conclusiones vagas pendientes de marcarse en rojo. Por lo visto, las ayudas informáticas como Spellcheck y las aplicaciones como Grammar Alert no servían. La sola idea le producía cansancio.

—Oye, Fel, he de dejarte. Tengo exámenes que puntuar y trabajos sobre «Reparar el Muro» que corregir.

Pensar en el sinfín de vacuidades de los trabajos que lo esperaban hizo que se sintiera viejo.

—De acuerdo —respondió Felicia—. Solo que…, ya me entiendes, mantengamos el contacto.

—Entendido.

Marty abrió el armario y cogió el bourbon. Esperaría a que ella colgara para servírselo, no fuera a ser que oyera el gorgoteo y supiera qué estaba haciendo. Las esposas tenían intuición; las exesposas, al parecer, desarrollaban un radar de alta definición.

—¿Puedo decir que te quiero? —preguntó ella.

—Solo si yo puedo decirte lo mismo —contestó Marty deslizando el dedo por la etiqueta de la botella: Early Times, «primeros tiempos». Una marca excelente, pensó, para el fin de los tiempos.

—Te quiero, Marty.

—Y yo a ti.

Una buena manera de acabar, pero ella seguía al aparato.

—¿Marty?

—¿Qué, cariño?

—El mundo se está yendo al garete, y lo único que podemos decir es «mal rollo». O sea, a lo mejor también nosotros nos estamos yendo al garete.

—A lo mejor —dijo él—. Pero Chuck Krantz se jubila, así que supongo que hay un rayo de esperanza en la oscuridad.

—Treinta y nueve magníficos años —respondió Felicia, y esta vez fue ella quien se rio.

Marty dejó la leche.

—¿Has visto el cartel?

—No, he oído un anuncio por la radio. En ese programa de la NPR del que te hablaba.

—Si ponen anuncios en la NPR, sin duda es el fin del mundo —comentó Marty. Ella volvió a reírse, y él se alegró de oír su risa—. Ya me dirás tú cómo consigue Chuck Krantz ese nivel de difusión. Parece un contable, y yo no sabía ni que existiera.

—Ni idea. El mundo está lleno de misterios. Nada de bebidas fuertes, Marty. Sé que te ronda por la cabeza. Mejor tómate una cerveza.

Él no rio al poner fin a la llamada, pero sí sonrió. El radar de la exmujer. Alta definición. Guardó el Early Times en el armario y cogió una cerveza. Echó un par de salchichas al agua y, mientras esperaba a que hirviese, entró en su pequeño despacho para ver si funcionaba internet.

Funcionaba, y al parecer un poco mejor, no con la lentitud de costumbre. Accedió a Netflix pensando que podía volver a ver un episodio de *Breaking Bad* o *The Wire* mientras comía los perritos calientes. Apareció la pantalla de bienvenida mostrando la selección de series y películas, que no habían cambiado desde la noche anterior (y hasta hacía no mucho el material de Netflix solía cambiar más o menos a diario), pero antes de decidir a qué malo quería ver, si a Walter White o a Stringer Bell, la pantalla de bienvenida se desvaneció. Dio paso al aviso BUSCANDO y el pequeño círculo giratorio.

—Joder —dijo Marty—. Se acabó por esta no...

De pronto el círculo giratorio se esfumó y la pantalla volvió a activarse. Solo que esta vez ahí no salió la pantalla de bienvenida de Netflix, sino Charles Krantz, sentado tras su escritorio cubierto de papeles, sonriente, con el bolígrafo en la mano de la cicatriz. CHARLES KRANTZ, por encima de él; ¡39 MAGNÍFICOS AÑOS! ¡GRACIAS, CHUCK!, por debajo.

—¿Y tú quién coño eres, Chuckie? —preguntó Marty—. ¿Cómo es que sales por todas partes?

Y de repente, como si con su aliento hubiese apagado internet igual que si de una vela de cumpleaños se tratara, la imagen desapareció y en la pantalla se leyó SIN CONEXIÓN.

Esa noche ya no volvió. Ni nunca más. Como la mitad de California (pronto las tres cuartas partes), internet se había desvanecido.

Al día siguiente, en lo primero que reparó Marty cuando salía marcha atrás del garaje fue en el cielo. ¿Cuánto tiempo hacía que no veía ese azul despejado e impoluto? ¿Un mes? ¿Seis semanas? Ahora las nubes y la lluvia (a veces una llovizna, a veces un aguacero) eran casi constantes, y los días que las nubes se dispersaban, el cielo solía seguir encapotado a causa del humo procedente de los incendios del Medio Oeste. Habían ennegrecido la mayor parte de Iowa y Nebraska, y avanzaban hacia Kansas impulsados por vientos huracanados.

En lo segundo que reparó fue en Gus Wilfong, que subía cansinamente por la calle con su enorme fiambrera golpeándole el muslo. Gus vestía un pantalón caqui, pero llevaba corbata. Era supervisor del departamento de Obras Públicas del ayuntamiento. Pese a que eran solo las siete y cuarto, se lo veía fatigado y de mal humor, como si fuera el final de un largo día en lugar del principio. Y si era el principio, ¿por qué se dirigía hacia su casa, al lado de la de Marty? Además…

Marty bajó la ventanilla.

—¿Dónde está tu coche?

Gus soltó una risa breve y desabrida.

—Aparcado junto a la acera hacia la mitad de Main Street Hill, junto con otros cien. —Expulsó el aire de los pulmones—.

Uf, ni recuerdo la última vez que caminé cinco kilómetros. Lo cual probablemente dice más de mí de lo que te interesa saber. Oye, si vas al colegio, tendrás que ir hasta la Carretera 11 y después rodear por la Carretera 19. Treinta y cinco kilómetros como mínimo, y también allí habrá mucho tráfico. Puede que llegues a la hora del almuerzo, pero yo no contaría con eso.

—¿Qué ha pasado?

—Se ha abierto un socavón en el cruce de Main con Market. Es enorme, tío. Es posible que lo mucho que ha llovido tenga algo que ver, y más aún la falta de mantenimiento. Dentro habrán caído al menos veinte coches, puede que treinta, y algunos de los que iban en esos coches… —Negó con la cabeza—. Esos ya no vuelven.

—Dios mío —dijo Marty—. Yo pasé por ahí anoche. En pleno atasco.

—Ya puedes alegrarte de no haber estado allí esta mañana. ¿Te importa si me subo al coche contigo? Por sentarme un momento. Estoy reventado, y Jenny se habrá vuelto a la cama. No quiero despertarla, y menos para darle una mala noticia.

—Claro.

Gus entró.

—Esto pinta mal, amigo mío.

—Sí, mal rollo —coincidió Marty. Eso mismo había dicho a Felicia la noche anterior—. En fin, al mal tiempo buena cara.

—Yo ya soy incapaz de poner buena cara —contestó Gus.

—¿Te propones tomarte el día libre?

Gus levantó las manos y volvió a dejarlas sobre la fiambrera que tenía en el regazo.

—No lo sé. Igual hago unas llamadas para ver si alguien puede pasar a recogerme, pero no me hago muchas ilusiones.

—Si te tomas el día libre, no cuentes con dedicarte a ver Netflix o vídeos en YouTube. Internet ha vuelto a colgarse, y tengo la sensación de que esta vez es definitivo.

—Imagino que ya sabrás lo de California —comentó Gus.

—Esta mañana no he puesto la tele. Se me han pegado las sábanas. —Guardó silencio por un momento—. De todos modos, para serte sincero, no me apetecía verla. ¿Alguna novedad?

—Sí. Se ha hundido el resto. —Se detuvo a pensar—. Bueno…, dicen que, en el norte, el veinte por ciento de California todavía sigue allí colgando, lo que seguramente significa el diez, pero las regiones productoras de alimentos han desaparecido.

—Qué horror. —Lo era, desde luego, pero Marty, en lugar de sentir espanto, terror y pesadumbre, solo experimentó una mezcla de desazón y aturdimiento.

—Y que lo digas —convino Gus—. Sobre todo si pensamos que el Medio Oeste no tardará en quedar reducido a cenizas y la mitad sur de Florida pronto será básicamente un pantano apto solo para caimanes. Espero que tengas mucha comida en la despensa y el congelador, porque *todas* las principales regiones productoras de alimentos del país ya han desaparecido. Lo mismo ha pasado en Europa. En Asia ya hay hambruna. Allí han muerto millones. La peste bubónica, según he oído.

Permanecieron en el camino de acceso de la casa de Marty observando a otras personas que regresaban a pie del centro, muchos con traje y corbata. Una mujer con un bonito conjunto rosa avanzaba pesadamente en zapatillas de deporte y con unos zapatos de tacón en la mano. Marty creyó recordar que se llamaba Andrea algo más y vivía a un par de calles. ¿No le había contado Felicia que trabajaba en el Midwest Trust?

—Y las abejas —prosiguió Gus—. Ya lo tenían difícil hace diez años, pero ahora han desaparecido del todo, salvo por unas cuantas colmenas en Sudamérica. Se acabó la miel. Y sin abejas para polinizar, las pocas cosechas que puedan quedar…

—Perdona —dijo Marty. Salió del coche y echó a trotar para alcanzar a la mujer del traje rosa—. ¿Andrea? ¿Es usted Andrea?

Ella se volvió con recelo, levantando los zapatos por si necesitaba recurrir a los tacones para ahuyentarlo. Marty se hizo cargo; en esos tiempos andaba por ahí mucha gente descontrolada. Se detuvo a un metro y medio de distancia.

—Soy el marido de Felicia Anderson. —Ex, en realidad, pero marido sonaba menos potencialmente peligroso—. Me parece que Fel y usted se conocen.

—Sí. Coincidí con ella en el comité de vigilancia del barrio. ¿Qué puedo hacer por usted, señor Anderson? Me he dado una buena caminata y mi coche se ha quedado en lo que parece un embotellamiento definitivo en el centro. En cuanto al banco, está… inclinado.

—Inclinado —repitió Marty. En su imaginación, vio la torre inclinada de Pisa. Con la foto de jubilación de Chuck Krantz en lo alto.

—Está al borde del socavón y, aunque no se ha derrumbado, me parece un sitio muy poco seguro. Sin duda está condenado. Supongo que con eso se acaba mi trabajo, al menos en la sucursal del centro, pero la verdad es que me da igual. Lo único que me apetece ahora es llegar a casa y poner los pies en alto.

—Siento curiosidad por ese cartel que hay en el edificio del banco. ¿Lo ha visto?

—¿Cómo no iba a verlo? —preguntó ella—. Al fin y al cabo, trabajo allí. También he visto las pintadas, por todas partes: te queremos, Chuck; Chuck vive; Chuck para siempre…, y los anuncios en televisión.

—¿En serio? —Marty pensó en lo que había visto en Netflix la noche anterior, justo antes de que se colgara. En ese momento lo había considerado un pop-up especialmente molesto.

—Bueno, al menos en las emisoras locales. Quizá en la televisión por cable sea distinto, pero ya no nos llega. Desde julio.

—A nosotros tampoco. —Ahora que había iniciado la ficción de que aún formaba parte de un nosotros, le parecía mejor seguir con eso—. Solo sintonizamos el canal ocho y el canal diez.

Andrea asintió.

—No más anuncios de coches ni de Eliquis ni de Muebles de Ocasión Bob's. Solo Charles Krantz, treinta y nueve magníficos años, Chuck. Un minuto entero para eso, y después vuelta a las reposiciones programadas de siempre. Muy raro, pero qué no lo es en estos tiempos. Y ahora me voy, me muero de ganas de llegar a casa.

—¿Ese Charles Krantz no tiene relación con su banco? ¿No se *jubila* del banco?

Ella se detuvo un momento antes de seguir avanzando penosamente hacia su casa, cargada con los zapatos de tacón que ese día no necesitaría. O quizá nunca más.

—No conozco de nada a Charles Krantz. Debía de trabajar en la sede de Omaha. Aunque, según tengo entendido, hoy por hoy Omaha no es más que un cenicero gigantesco.

Marty la observó alejarse. Lo mismo hizo Gus Wilfong, que se había acercado a él. Gus señaló con el mentón el lúgubre desfile de trabajadores que regresaban a sus casas porque ya no podían acceder a sus puestos de trabajo: vendedores, comerciantes, empleados de banca, camareros, repartidores.

—Parecen refugiados —comentó Gus.

—Sí —dijo Marty—. Algo así. Ah, me has preguntado por mis provisiones.

Gus asintió.

—Tengo unas cuantas latas de sopa. También un poco de basmati y Rice-a-Roni. Unos Cheerios, creo. Y me parece que en el congelador me quedan seis platos precocinados y un cuarto de litro de helado Ben and Jerry's.

—No se te ve preocupado.

Marty se encogió de hombros.

—¿De que serviría?

—Pero, fíjate, resulta interesante —dijo Gus—. Al principio estábamos todos preocupados. Queríamos respuestas. La gente fue a Washington y se manifestó. ¿Recuerdas cuando derribaron la valla de la Casa Blanca y dispararon contra aquellos universitarios?

—Sí.

—Luego vino el derrocamiento del Gobierno en Rusia y la Guerra de los Cuatro Días entre India y Pakistán. Hay un volcán en Alemania… ¡En Alemania, por el amor de Dios! Nos decíamos que todo esto quedaría atrás, pero no parece que vaya a ser así, ¿no crees?

—No —coincidió Marty. Aunque acababa de levantarse, se sentía cansado. Mucho—. No ha quedado atrás; se ha agravado.

—Por otro lado, están los suicidios.

Marty asintió.

—Felicia los ve a diario.

—Creo que los suicidios irán a menos —dijo Gus—, y la gente se limitará a esperar.

—Esperar ¿qué?

—El final, tío. El final de todo. Hemos recorrido las cinco etapas del dolor, ¿no te das cuenta? Ahora hemos llegado a la última: la aceptación.

Marty calló. No se le ocurría nada que decir.

—Ahora la gente ya apenas siente curiosidad. Y todo esto… —Gus abarcó su entorno con un gesto del brazo—. Ha salido de la nada. Es decir, sabíamos que el medio ambiente iba de mal en peor, diría que incluso los elementos más recalcitrantes de la extrema derecha lo creían para sus adentros, pero lo que ahora tenemos es sesenta modalidades distintas de mierda, todas a la vez. —Dirigió a Marty una mirada casi suplicante—. ¿En cuánto tiempo? ¿Un año? ¿Catorce meses?

—Sí —dijo Marty—. Mal rollo. —Aparentemente era lo único apropiado que decir.

Oyeron un zumbido en lo alto y alzaron la vista. Por entonces los grandes aviones que entraban y salían del aeropuerto municipal eran pocos y muy espaciados, pero ese era un avión pequeño, que avanzaba despacio por el cielo anormalmente despejado y despedía un chorro blanco por la cola. El avión se escoró y giró, ascendió y descendió, formando letras con el humo (o la sustancia química que fuera aquello).

—Eh —dijo Gus, estirando el cuello—. Un avión que escribe en el cielo. No veía algo así desde niño.

CHARLES, escribió el avión. Luego KRANTZ. Y después, naturalmente, 39 MAGNÍFICOS AÑOS. El nombre empezaba ya a disiparse cuando el avión escribió: ¡GRACIAS, CHUCK!

—Pero qué coño —dijo Gus.

—Eso mismo pienso yo —convino Marty.

Como Marty se había saltado el desayuno, cuando volvió a entrar se calentó en el microondas uno de los platos precocinados —una empanada de pollo de Marie Callender, muy sabrosa— y se lo llevó al salón para ver la tele. Pero los dos únicos canales que pudo sintonizar mostraban la fotografía de Charles Krantz, conocido como Chuck, tras su escritorio, con el bolígrafo siempre a punto. Marty se quedó mirándolo mientras comía la empanada; luego apagó la caja tonta y volvió a la cama. Parecía lo más sensato.

Durmió durante la mayor parte del día y, aunque no soñó con Felicia (al menos que él recordara), despertó pensando en ella. Quería verla y, cuando la viese, le preguntaría si podía quedarse a dormir. Quizá incluso instalarse allí. Sesenta modalidades distintas de mierda, había dicho Gus, y todas al mismo tiempo. Si eso era realmente el final, no quería afrontarlo solo.

Harvest Acres, la pequeña y cuidada urbanización donde ahora vivía Felicia, se hallaba a cinco kilómetros de allí, y Marty no tenía intención de arriesgarse a ir en coche, así que se puso un chándal y unas zapatillas de deporte. Era una hermosa tarde para caminar, con un cielo todavía de un azul impoluto, y había mucha gente en la calle. Daba la impresión de que algunos disfrutaban del sol, pero la mayoría solo se miraban los pies. Casi nadie hablaba, ni siquiera aquellos que paseaban de dos en dos o de tres en tres.

En Park Drive, una de las principales avenidas del lado este, los cuatro carriles estaban atascados, y casi todos los coches, vacíos. Marty serpenteó entre ellos, y en la otra acera encontró a un anciano con un traje de tweed y un sombrero de fieltro a juego. Sentado en el bordillo, golpeaba la pipa para vaciarla en la alcantarilla. Vio que Marty lo observaba y sonrió.

—Solo estoy descansando —dijo—. Me he acercado a pie al centro para ver el socavón y he tomado unas cuantas fotos con el teléfono. He pensado que a lo mejor le interesaban a alguna de las cadenas de televisión locales, pero parece que ninguna emite. Salvo las fotos de ese tal Krantz, claro.

—Sí —coincidió Marty—. Ahora todo es Chuck, a todas horas. ¿No sabrá usted quién…?

—No. Se lo he preguntado a diez o doce personas por lo menos. Nadie lo sabe. Según parece, nuestro Krantz es el Oz del Apocalipsis.

Marty se rio.

—¿Hacia dónde va usted, caballero?

—A Harvest Acres. Un sitio muy agradable. Un poco apartado. —Se llevó la mano al interior de la chaqueta, sacó una bolsa de tabaco y empezó a cebar la pipa.

—Igual que yo. Mi exmujer vive allí. Podríamos ir juntos.

El anciano se levantó con una mueca.

—Siempre y cuando no se ande con prisas. —Encendió la pipa echando bocanadas de humo—. Artritis. Tomo unas pastillas, pero cuanto más arraigada la tengo, menos efecto me hacen.

—Mal rollo —dijo Marty—. Marque usted el paso.

El anciano así lo hizo. Era un paso lento. Se llamaba Samuel Yarbrough. Era el dueño y principal empleado de la funeraria Yarbrough.

—Pero lo que de verdad me interesa es la meteorología —dijo—. En mis años mozos, soñaba con ser hombre del tiempo en televisión, quizá incluso en una cadena nacional, pero, por lo que se ve, todas tienen predilección por las mujeres jóvenes con… —Se colocó las manos ahuecadas ante el pecho—. Así y todo, me mantengo al día, leo las revistas del sector y puedo contarle una cosa asombrosa. Si quiere oírla.

—Cómo no.

Llegaron al banco de una parada de autobús. En el respaldo, pintado con plantilla, se leía CHARLES KRANTZ, CHUCK ¡39 MAGNÍFICOS AÑOS! ¡GRACIAS, CHUCK! Sam Yarbrough tomó asiento y dio unas palmadas en el espacio contiguo al suyo. Marty se sentó. El viento arrastraba hacia él el humo de la pipa de Yarbrough, pero no le molestó. Le gustaba el olor.

—Como sabrá, la gente dice que el día tiene veinticuatro horas, ¿no? —preguntó Yarbrough.

—Y la semana, siete días. Todo el mundo lo sabe, incluso los niños pequeños.

—Pues todo el mundo se equivoca. Antes el día estelar tenía veintitrés horas y cincuenta y seis minutos. Más unos cuantos segundos.

—¿Antes?

—Exacto. Basándome en mis cálculos, que le aseguro que

puedo demostrar, ahora un día tiene veinticuatro horas y *dos* minutos. ¿Sabe lo que quiere decir eso, señor Anderson?

Marty se detuvo a pensar.

—¿Está diciéndome que la rotación de la Tierra se está ralentizando?

—Correcto. —Yarbrough se sacó la pipa de la boca y señaló a las personas que pasaban por la acera. Eran cada vez menos ahora que la tarde daba paso al crepúsculo—. Seguro que toda esa gente piensa que los múltiples desastres a los que nos enfrentamos tienen una única causa: lo que hemos hecho con el medio ambiente de la Tierra. No es así. Soy el primero en reconocer que hemos tratado a nuestra madre… sí, es la madre de todos nosotros, muy mal, ciertamente hemos abusado de ella, por no decir que la hemos violado sin contemplaciones, pero nosotros no somos nada en comparación con el gran reloj del universo. *Nada.* No, lo que sea que está ocurriendo va mucho más allá de la degradación medioambiental.

—Quizá el culpable sea Chuck Krantz —comentó Marty.

Yarbrough lo miró con expresión de sorpresa y se rio.

—Volvemos a él, ¿eh? Chuck Krantz se jubila y ¿toda la población de la Tierra, además de la propia Tierra, se jubila con él? ¿Esa es su tesis?

—A algo hay que echarle la culpa —dijo Marty con una sonrisa—. O a alguien.

Sam Yarbrough se levantó, se llevó una mano a los riñones, se desperezó e hizo una mueca.

—Con las debidas disculpas al señor Spock, eso no es lógico. Supongo que treinta y nueve años es un largo período de tiempo desde el punto de vista de la vida humana, casi la mitad, pero la última glaciación ocurrió hace mucho más tiempo. Por no hablar ya de la era de los dinosaurios. ¿Seguimos con el garbeo?

Siguieron con el garbeo; sus sombras se alargaban ante ellos. Marty se reprendía mentalmente por haber dormido la mayor parte de un día tan hermoso. Yarbrough avanzaba cada vez más despacio. Cuando por fin llegaron al arco de ladrillo que señalaba la entrada en Harvest Acres, el viejo dueño de la funeraria volvió a sentarse.

—Creo que contemplaré la puesta de sol mientras espero a que la artritis se modere un poco. ¿Le apetece acompañarme?

Marty negó con la cabeza.

—Me parece que seguiré adelante.

—A ver a su ex —dijo Yarbrough—. Lo entiendo. Ha sido un placer hablar con usted, señor Anderson.

Marty se dispuso a cruzar el arco, pero de pronto se volvió.

—Charles Krantz significa *algo* —dijo—. Estoy seguro.

—Puede que tenga razón —respondió Yarbrough a la vez que echaba una bocanada de humo de pipa—, pero la desaceleración de la rotación de la Tierra…, no hay nada mayor que eso, amigo mío.

La avenida central de la urbanización Harvest Acres era una elegante parábola flanqueada de árboles de la que se desviaban calles más cortas. Las farolas, que a ojos de Marty parecían las de la novela ilustradas de Dickens, se habían encendido y proyectaban un resplandor casi semejante al claro de luna. Cuando Marty se acercaba a Fern Lane, donde vivía Felicia, apareció una niña en patines que se ladeó grácilmente al doblar la esquina. Vestía un ancho pantalón corto de color rojo y una camiseta sin mangas con la cara de alguien en el pecho, tal vez una estrella del rock o un rapero. Marty le echó unos diez u once años, y verla lo animó enormemente. Una niña en patines: ¿qué podía haber más normal en ese día anormal? ¿Ese *año* anormal?

—Hola —saludó él.

—Hola —respondió ella, pero se dio media vuelta ágilmente sobre sus patines, tal vez dispuesta a huir si resultaba que él era una especie de Chester el Abusador, contra el que sin duda su madre la había prevenido.

—Voy a ver a mi exmujer —dijo Marty, y se detuvo—. Felicia Anderson. O quizá ahora vuelva a llamarse Gordon. Es su apellido de soltera. Vive en Fern Lane. Número diecinueve.

La niña giró en redondo sobre los patines sin el menor esfuerzo; si Marty hubiera realizado ese mismo movimiento, se habría caído de culo.

—Ah, sí, me parece que lo he visto a usted antes. ¿En un Prius azul?

—Ese soy yo.

—Si viene a verla, ¿cómo es que es su ex?

—Todavía me cae bien.

—¿No se pelean?

—Antes sí. Ahora que somos ex, nos llevamos mejor.

—A veces la señora Gordon nos da galletas de jengibre. A mí y a mi hermano pequeño. A mí me gustan más las Oreo, pero…

—Pero a falta de pan, buenas son tortas, ¿no? —dijo Marty.

—No, tortas no nos da, solo galletas.

De pronto se apagaron las farolas y la avenida principal se convirtió en un mar de sombras. Todas las casas quedaron a oscuras al mismo tiempo. En la ciudad ya se habían producido apagones antes, algunos de hasta dieciocho horas, pero la luz siempre volvía. Marty no estaba muy seguro de que esa vez volviera. Quizá sí, pero tenía el presentimiento de que la electricidad, que él (y todos los demás) había dado por sentada a lo largo de su vida, se había ido por el mismo camino que internet.

—Vaya —dijo la niña.

—Será mejor que vuelvas a casa —aconsejó Marty—. Sin farolas, esto está demasiado oscuro para patinar.

—Oiga, ¿usted cree que todo acabará bien?

Aunque no tenía hijos, había dado clases a chicos durante veinte años y consideraba que, si bien en cuanto cumplían los dieciséis años había que decirles la verdad, a menudo una mentira piadosa era lo correcto cuando se trataba de niñas tan pequeñas como aquella.

—Claro.

—Pero mire —dijo ella, y señaló algo.

Marty siguió su dedo trémulo en dirección a la casa de la esquina de Fern Lane. En el balcón a oscuras situado sobre un pequeño jardín empezaba a dibujarse un rostro. Cobraba forma en resplandecientes trazos blancos y sombras, como ectoplasma en una sesión de espiritismo. Una cara redonda risueña. Gafas de montura negra. Bolígrafo a punto. Por encima: CHARLES KRANTZ. Por debajo: ¡39 MAGNÍFICOS AÑOS! ¡GRACIAS, CHUCK!

—Está pasando en todas —susurró la niña.

Era verdad. Chuck Krantz aparecía en las ventanas delanteras de todas las casas de Fern Lane. Marty se volvió. A su espalda se extendía por la avenida principal un arco compuesto por rostros de Krantz. Docenas de Chucks, quizá cientos. Miles, si ese fenómeno se estaba produciendo en toda la ciudad.

—Vete a casa —dijo Marty, ya sin sonreír—. Ve con tus padres, pequeña. Ahora mismo.

La niña se alejó, con el pelo al viento y los patines resonando en la calle. Marty se quedó mirando el pantalón rojo hasta que la niña se perdió de vista entre las sombras, cada vez más densas.

Marty apretó el paso en la misma dirección por la que ella había desaparecido; el rostro risueño de Charles Krantz, alias Chuck, lo observaba desde todas las ventanas. Chuck con su camisa blanca y su corbata oscura. Era como ser observado por una horda de clones de un fantasma. Se alegró de que no hubiera luna; ¿y si el rostro de Chuck hubiese aparecido en ella? ¿Qué habría pensado de *eso*?

A la altura del número 13, renunció a caminar y echó a correr. Llegó al pequeño bungalow de dos habitaciones de Felicia, subió a toda prisa por el camino de acceso y llamó a la puerta. Esperó, convencido de pronto de que ella se hallaba todavía en el hospital, de que quizá tuviera turno doble, pero enseguida oyó sus pasos. La puerta se abrió. Felicia sostenía una vela que iluminaba desde abajo su cara de miedo.

—Marty, gracias a Dios. ¿Las ves?

—Sí.

Ese individuo se dibujaba también en su ventana delantera. Chuck. Sonriente. Con el aspecto de cualquier contable que hubiera habitado en este mundo. Un hombre que no mataría ni a una mosca.

—Han empezado a… ¡aparecer sin más!

—Ya lo sé. Lo he visto.

—¿Está pasando solo aquí?

—Me parece que en todas partes. Creo que es casi…

De pronto ella lo abrazó y tiró de él hacia dentro. Marty se alegró de que Felicia no le hubiera dado ocasión de pronunciar las otras dos palabras: *el final*.

2

Douglas Beaton, profesor adjunto de filosofía en el departamento de Filosofía y Religión del Ithaca College, está sentado en una habitación de hospital, esperando a que su cuñado muera. Lo único que se oye es el *bip... bip... bip* regular del monitor cardíaco y la respiración lenta y cada vez más dificultosa de Chuck. Han apagado la mayor parte de los aparatos.

—¿Tío?

Al volverse, Doug ve a Brian en la puerta, aún con la cazadora del instituto y la mochila.

—¿Has salido antes de clase? —pregunta Doug.

—Con permiso. Mamá me ha mandado un mensaje para decirme que hoy iba a dejarles desconectar los aparatos. ¿Ya lo han hecho?

—Sí.

—¿Cuándo?

—Hace una hora.

—¿Dónde está ahora mamá?

—En la capilla de la planta baja. Ha ido a rezar por su alma.

Y probablemente por haber hecho lo correcto, piensa Doug. Porque incluso cuando el sacerdote dice que sí, que está bien, que a partir de ahí ya se ocupará Dios, por alguna razón uno tiene la sensación de que está mal.

—Hemos quedado en que le enviaría un mensaje si da la impresión de que... —El tío de Brian se encoge de hombros.

Brian se acerca a la cama y contempla el rostro pálido e inmóvil de su padre. Sin las gafas de montura negra, el chico piensa que no aparenta edad suficiente para tener un hijo en primero de instituto. Él mismo parece un estudiante de instituto. Coge la mano de su padre y le da un breve beso en la cicatriz en forma de media luna.

—Se supone que un hombre tan joven no debería morir —comenta Brian. Habla en voz baja, como si su padre pudiera oírlo—. Dios mío, tío Doug, ¡cumplió los treinta y nueve este invierno!

—Ven a sentarte —dice Doug, y da unas palmaditas en la silla vacía que tiene al lado.

—Es el sitio de mamá.

—Ya se lo dejarás cuando vuelva.

Brian se desprende de la mochila y se sienta.

—¿Cuánto crees que le queda?

—Según los médicos, podría irse en cualquier momento. Casi con toda seguridad, no llegará a mañana. Ya sabes que los aparatos lo ayudaban a respirar, ¿no? Y lo alimentaba un gotero. No…, Brian, no está sufriendo. Esa parte ya ha terminado.

—Glioblastoma —dice Brian con amargura. Cuando se vuelve hacia su tío, está llorando—. ¿Por qué ha de llevarse Dios a mi padre, tío Doug? Explícamelo.

—No puedo. Los caminos del Señor son un misterio.

—Pues a la mierda los misterios —dice el chico—. Los misterios deben quedarse en los cuentos, ese es su sitio.

El tío Doug asiente y rodea los hombros de Brian con un brazo.

—Sé que es difícil, chaval, también lo es para mí, pero es lo único que puedo decir. La vida es un misterio. La muerte también.

Guardan silencio y escuchan el *bip…bip…bip* regular y el estertor de Charles Krantz —Chuck para su mujer y el hermano de su mujer y sus amigos—, que toma aire lentamente una y otra vez, las últimas interacciones de su cuerpo con el mundo, cada inhalación y cada espiración dirigidas (como los latidos de su corazón) por un cerebro a punto de fallar, donde siguen activas unas cuantas funciones. El hombre que pasó su vida laboral en el departamento de Contabilidad del Midwest Trust está haciendo ahora sus últimas cuentas: pequeños ingresos, grandes desembolsos.

—Dicen que los bancos no tienen corazón, pero allí lo querían de verdad —comenta Brian—. Han mandado una tonelada de flores. Las enfermeras las ponen en el solárium, porque en principio no debe haber flores en la habitación. ¿Qué se han pensado? ¿Que van a provocarle un ataque alérgico o algo así?

—A él le encantaba trabajar allí —dice Doug—. No era nada extraordinario en la gran maquinaria del universo, supongo… nunca iba a ganar el premio Nobel ni a recibir la Medalla de la Libertad del presidente… pero le encantaba.

—Y bailar también —añade Brian—. Le encantaba bailar. Se le daba bien. También a mamá… Sabían marcarse unos pasos, decía papá. Pero a él se le daba mejor.

Doug se ríe.

—Se llamaba a sí mismo el Fred Astaire de los pobres. Y de niño le encantaban también las maquetas de tren. Su *zaydee* tenía una. Su abuelo, ya sabes, ¿no?

—Sí —dice Brian—. Sé lo de su *zaydee*.

—Ha tenido una buena vida, Bri.

—Pero ha sido corta —contesta Brian—. Nunca podrá cruzar Canadá en tren como quería. Ni visitar Australia…, también eso quería hacerlo. No me verá graduarme en el instituto. Nunca le organizarán una fiesta de jubilación en la que la gente haga discursos graciosos y le regale un… —se enjugó los ojos con la manga de la cazadora— un reloj de oro.

Doug estrecha los hombros de su sobrino.

Brian habla mirándose las manos entrelazadas.

—Quiero creer en Dios, tío, y en cierta manera creo, pero no entiendo por qué las cosas han de ser así. Por qué *permite* Dios que las cosas sean así. ¿Es un misterio? ¿Eso es lo mejor que puedes decir tú, el gran filósofo?

Sí, porque ante la muerte la filosofía se viene abajo, piensa Doug.

—Ya sabes lo que dicen, Brian: la muerte se lleva a los mejores de nosotros, y la muerte se lleva también a todos los demás.

Brian intenta sonreír.

—Si se suponía que eso debía consolarme, tendrás que esforzarte un poco más.

Parece que Doug no lo ha oído. Está mirando a su cuñado, que es —en la cabeza de Doug— un hermano. Que ha proporcionado a su hermana una buena vida. Que lo ayudó a abrirse camino en los inicios de su carrera profesional, y eso en realidad es lo menos importante. Pasaron buenos ratos juntos. No los suficientes, pero por lo visto tendrá que bastar con eso.

—El cerebro humano es finito, una simple esponja de tejido dentro de una caja de hueso, pero la mente que contiene ese cerebro es infinita. Su capacidad de almacenamiento es colosal; su alcance imaginativo es inasequible a nuestra comprensión. No creo que cuando muere un hombre o una mujer, arda solo una biblioteca; creo que queda en ruinas todo un mundo, el mundo que esa persona conocía y en el que creía. Piensa en eso, chaval: hay miles de millones de personas en la Tierra, y cada una de esos miles de millones de personas tiene un mundo dentro. La Tierra que sus mentes han concebido.

—Y ahora el mundo de mi padre se está muriendo.

—Pero no el nuestro —dice Doug, y da otro apretón a su sobrino—. El nuestro seguirá aún durante un tiempo. Y el de tu madre. Tenemos que ser fuertes por ella, Brian. Tan fuertes como nos sea posible.

Guardan silencio y, contemplando al hombre moribundo en la cama de hospital, escuchan el *bip... bip... bip* del monitor y la lenta respiración de Chuck Krantz mientras inspira y espira. En cierto momento se interrumpe. Su pecho queda inmóvil. Brian se tensa. De pronto, el pecho de su padre vuelve a elevarse con otro de esos estertores agónicos.

—Envíale un mensaje a mamá —dice Brian—. Ahora mismo.

Doug ya ha sacado el teléfono.

—Me he adelantado a ti.

Y escribe: **Mejor será que vengas, hermana. Brian está aquí. Creo que Chuck se acerca al final**.

3

Marty y Felicia salieron al jardín de atrás. Se sentaron en unas sillas que habían bajado del patio. Ya se había ido la luz en toda la ciudad, y las estrellas brillaban con intensidad. Marty no las veía resplandecer de ese modo desde su infancia en Nebraska. Por aquel entonces tenía un pequeño telescopio con el que estudiaba el universo desde la ventana del desván de su casa.

—Ahí está Aquila —dijo—. El Águila. Y ahí Cygnus, el Cisne. ¿Lo ves?

—Sí. Y ahí está la estrella Po... —Se interrumpió—. ¿Marty? ¿Has visto...?

—Sí —dijo él—. Acaba de apagarse. Y ahí se va Marte. Adiós, Planeta Rojo.

—Marty, tengo miedo.

¿Estaría Gus Wilfong mirando el cielo esa noche? ¿O Andrea, la mujer que había formado parte del comité de vigilancia del barrio con Felicia? ¿O Samuel Yarbrough, el de la funeraria? ¿Y la niña del pantalón rojo? Estrella brillante, estrella radiante, las últimas estrellas que tengo delante.

Marty le cogió la mano.

—Yo también.

4

Ginny, Brian y Doug están de pie junto a la cama de Chuck Krantz, cogidos de la mano. Esperan mientras Chuck —marido, padre, contable, bailarín, aficionado a las series policíacas— exhala sus dos o tres últimos alientos.

—Treinta y nueve años —dice Doug—. Treinta y nueve *magníficos* años. Gracias, Chuck.

5

Marty y Felicia, allí sentados, con el rostro vuelto hacia el cielo, veían desaparecer las estrellas. Primero de una en una y de dos en dos, luego a decenas, luego a centenares. Mientras la Vía Láctea se sumía en la oscuridad, Marty se volvió hacia su exmujer.

—Te quie...

Negrura.

Acto II: Músicos callejeros

Con la ayuda de su amigo Mac, que tiene una furgoneta vieja, Jared Franck instala la batería en su sitio preferido de Boylston Street, entre Walgreens y la tienda Apple. Tiene buenos presentimientos con respecto al día de hoy. Es un jueves por la tarde, hace un tiempo magnífico, y las calles rebosan de gente que espera con impaciencia el fin de semana, lo que es siempre mejor que el propio fin de semana. Para la gente del jueves por la tarde, esa expectación es pura. La gente del viernes por la tarde tiene que dejar de lado la expectación y centrarse en la diversión.

—¿Todo bien? —le pregunta Mac.

—Sí. Gracias.

—Tú dame mi diez por ciento y déjate de gracias, hermano.

Mac se marcha. Probablemente va a la tienda de cómics, o quizá a Barnes & Noble, y luego al Common a leer lo que haya comprado. Es un gran lector, Mac. Jared lo llamará cuando llegue el momento de recoger. Mac traerá su furgoneta.

Jared coloca una maltrecha chistera (terciopelo ajado, cinta raída de grogrén) que compró por setenta y cinco centavos en una tienda de segunda mano de Cambridge, y luego pone delante el cartel que anuncia: ¡ESTE ES UN SOMBRERO MÁGICO! ¡DONA CON ENTERA LIBERTAD Y TU APORTACIÓN SE DUPLICARÁ! Echa un par de billetes de dólar para que la gente se haga una idea. Hace calor para primeros de octubre, lo que le permite vestirse como prefiere para sus bolos en Boylston —camiseta sin mangas con FRANKLY DRUMS en la pechera, pantalón corto caqui, Converse raídas de caña alta sin calcetines—, pero incluso los días fríos suele quitarse la chaqueta si la lleva, porque cuando uno encuentra el ritmo, entra en calor.

Jared despliega su taburete y ejecuta una rápida combinación de redobles en los tambores. Unas cuantas personas lo miran, pero la mayoría pasan de largo, absortas en sus conversaciones sobre amigos, planes para la cena, dónde tomar una copa y el día que ha acabado en la papelera de los misterios a la que van a parar los días pasados.

Entretanto aún falta mucho hasta las ocho, que es cuando el coche del Departamento de Policía de Boston suele acercarse al bordillo y un agente se asoma a la ventanilla del acompañante para decirle que es hora de recoger los bártulos. Entonces telefoneará a Mac. Por el momento hay que ganar dinero. Monta el charles y los platillos, luego añade el cencerro, porque intuye que es día de cencerro.

Jared y Mac trabajan a tiempo parcial en Doctor Records, en Newbury Street, pero en un buen día Jared puede sacarse casi lo mismo tocando en la calle. Y tocar la batería en la soleada Boylston Street es sin duda mejor que el ambiente con olor a pachuli de Doc's y las largas conversaciones con los aficionados a los discos que buscan algo de Dave Van Ronk en su época en Folkways o rarezas de los Dead en vinilos decorados en tonos turquesa. Jared siempre desea preguntarles dónde estaban cuando se hundió Tower Records.

Jared abandonó los estudios en Julliard, que llama —con perdón de Kay Kyser— el Kollege del Konocimiento Musical. Aguantó tres semestres, pero al final comprendió que aquello no era para él. Allí querían que uno pensara lo que hacía, y en lo que a Jared respecta el ritmo es tu amigo y pensar es el enemigo. Tiene algún que otro bolo, pero las bandas no le interesan mucho. Aunque nunca lo dice (vale, puede que una o dos veces cuando está borracho), piensa que quizá la música en sí sea el enemigo. Rara vez piensa en esas cuestiones cuando está en vena. En cuanto está en vena, la música es un fantasma. Entonces solo importa la batería. El ritmo.

Empieza a calentar, al principio marcando el ritmo con suavidad, en un tempo lento, sin cencerro, sin timbales y sin redobles, indiferente a que el Sombrero Mágico permanezca vacío salvo por sus dos dólares arrugados y los veinticinco centavos que ha echado (con desdén) un chico en monopatín. Hay tiempo. Hay una manera de entrar. En hallar esa manera de entrar reside la mitad de la diversión, como ocurre con la expectación que despiertan los placeres de un fin de semana otoñal en Boston. Quizá incluso casi toda la diversión.

Janice Halliday, de camino a casa después de siete horas en Paper and Page, avanza despacio por Boylston con la cabeza gacha y el bolso bien sujeto. Puede que camine hasta Fenway antes de empezar a buscar la parada de metro más próxima, porque ahora mismo lo que le apetece es caminar. El que era su novio desde hacía seis meses acaba de romper con ella. Lo ha hecho a la manera moderna, con un mensaje de texto.

No estamos hechos el uno para el otro. ☹

A continuación: **Siempre te llevaré en mi corazón!** 🖤

A continuación: **Amigos para siempre, vale?** ☺ ✌

Que no están hechos el uno para el otro probablemente signifique que ha conocido a otra y que pasará el fin de semana con ella recogiendo manzanas en New Hampshire y follando en algún Bed and Breakfast. Esta noche no verá a Janice, ni esta noche ni nunca, con la elegante blusa rosa y la falda cruzada roja que lleva, a menos que le mande una foto con un mensaje que diga: **Esto es lo que te pierdes, montón de** 💩.

Ha sido totalmente imprevisto, eso es lo que la ha desconcertado, como si le hubiesen cerrado una puerta en la cara justo cuando se disponía a cruzarla. El fin de semana, que esta mañana parecía colmado de posibilidades, ahora se le antoja la entrada a un tonel hueco y en lenta rotación por el que debe avanzar a gatas. Este sábado no tiene que trabajar en P&P, pero quizá llame a Maybelline para ver si puede ir como mínimo el sábado por la mañana. El domingo la tienda cierra. En cuanto al domingo, mejor ni pensar, al menos por el momento.

—Amigos para siempre y una mierda. —Esto se lo dice a su bolso, porque mantiene la vista baja.

No está enamorada de él, ni siquiera había fantaseado con estarlo, pero aún así ha sido una sorpresa descorazonadora. Era un tío majo (o eso creía ella), un amante más que aceptable y una grata compañía, como suele decirse. Ella tiene ahora veintidós años, la han abandonado, y eso es un mal rollo. Supone que tomará un poco de vino cuando llegue a casa, y llorará. Puede que llorar le siente bien. Que sea terapéutico. Puede que prepare una de sus listas de reproducción de *big bands* y baile en el salón. Bailando conmigo misma, como dice la canción de Billy Idol. En el instituto le encantaba bailar, y aquellos bailes de los viernes por la noche fueron momentos felices. Tal vez pueda revivir un poco de aquella felicidad.

No, piensa, esas melodías —y esos recuerdos— te harán llorar todavía más. El instituto quedó atrás hace tiempo. Esto es el mundo real, donde los tíos rompen contigo sin previo aviso.

Un par de calles más adelante, oye un redoble de batería.

Charles Krantz —Chuck para sus amigos— avanza por Boylston Street vestido con la armadura del contable: traje gris, camisa blanca, corbata azul. Sus zapatos negros Samuel Windsor son baratos pero recios. A un lado cuelga el maletín. No presta atención a la locuaz muchedumbre del final de la jornada que lo rodea. Se encuentra en Boston para asistir a un congreso de una semana titulado «La banca en el siglo XXI». Lo ha enviado *su* banco, el Midwest Trust, con todos los gastos pagados. Todo un detalle, en particular porque nunca había visitado la ciudad.

El congreso se celebra en un hotel idóneo para contables, limpio y bastante barato. A Chuck le han gustado las ponencias y las mesas redondas (ha participado en una de estas y tiene previsto intervenir en otra antes del final del congreso, mañana al mediodía), pero no le apetece en absoluto pasar sus horas libres en compañía de otros setenta contables. Habla su mismo idioma, pero quiere creer que también habla otros. Al menos, así era antes, aunque haya perdido parte del vocabulario.

Ahora sus prácticos zapatos Samuel Windsor lo llevan a dar un paseo vespertino. Una perspectiva no muy apasionante pero bastante agradable. «Bastante agradable» a día de hoy ya es suficiente. Su vida es más limitada que la que en otro tiempo anheló, pero lo ha aceptado. Entiende que esa limitación es el orden natural de las cosas. Llega un momento en que uno se da cuenta de que nunca será presidente de Estados Unidos y se conforma con ser presidente de la Cámara Junior. Y hay un lado positivo. Tiene una mujer a la que es escrupulosamente fiel y un hijo inteligente y alegre en secundaria. También tiene nueve meses de vida por delante, aunque eso él todavía no lo sabe. Las semillas de su final —el lugar donde la vida se contrae hasta quedar reducida a un solo punto— están plantadas a gran profundidad, allí donde no accederá el bisturí de ningún cirujano, y últimamente han empezado a despertar. Pronto darán un fruto negro.

A los que pasan por su lado —las universitarias con faldas de colores, los universitarios con sus gorras de los Red Sox del revés, los estadounidenses de origen asiático de Chinatown vestidos impecablemente, las señoronas con sus compras, el veterano de la guerra de Vietnam que sostiene una enorme taza de loza con una bandera de Estados Unidos y el lema ESTOS COLORES NO SE CORREN—, Chuck Krantz debe parecerles sin duda la personificación del blanco americano: la camisa abotonada hasta el cuello y bien remetida, resuelto a montarse en el dólar. Él es todo eso, sí, la hormiga laboriosa que avanza por su camino predestinado entre una multitud de cigarras en busca de placer, pero también es otras cosas. O lo era.

Está pensando en la hermanita. ¿Se llamaba Rachel o Regina? ¿Reba? ¿Renee? No lo recuerda con certeza; solo recuerda que era la hermana menor del guitarra.

Durante su tercer curso en el instituto, mucho antes de convertirse en una hormiga laboriosa que trabaja en ese hormiguero conocido como Midwest Trust, Chuck era el cantante de un grupo llamado Retros. Habían elegido ese nombre porque interpretaban muchos temas de los años sesenta y setenta, con predominio de grupos ingleses como los Stones, los Searchers y los Clash, porque la mayoría de esas canciones eran sencillas. Evitaban a los Beatles, cuyas canciones estaban llenas de acordes raros, como las séptimas aumentadas o disminuidas.

Chuck debía ser el cantante por dos razones: por un lado, no sabía tocar ningún instrumento, pero podía entonar una melodía; por otro, su abuelo tenía un viejo todoterreno y se lo dejaba para ir a los bolos siempre y cuando no fueran muy lejos. Al principio los Retros eran malos, y cuando se separaron a final de tercero, ya eran solo mediocres, pero, como dijo una vez el padre del guitarra rítmica, habían dado «el salto cuántico a la aceptabilidad». Y en realidad era difícil hacerlo muy mal cuando uno tocaba temas como «Bits and Pieces» (Dave Clark Five) y «Rockaway Beach» (Ramones).

Chuck tenía una voz de tenor agradable pero nada excepcional, y no temía chillar o hacer un falsete cuando la ocasión lo exigía; sin embargo, lo que de verdad le gustaba eran los solos instrumentales, porque entonces podía bailar y pavonearse por el escenario como Mick Jagger, a veces meneando el soporte del micro entre las piernas de un modo que consideraba provocador. También sabía hacer el *moonwalk*, que siempre arrancaba aplausos.

Los Retros eran una banda de garaje que a veces ensayaba en un auténtico garaje y a veces en la sala de juegos de la planta baja de la casa del guitarra. En esas ocasiones, la hermana pequeña de este (¿Ruth? ¿Reagan?) solía bajar por la escalera en bermudas canturreando y bailando. Se colocaba entre los dos amplificadores Fender, cimbreaba la cadera y el trasero de una manera exagerada, se tapaba los oídos con los dedos y sacaba la lengua. Una vez, en un descanso, se acercó a Chuck y le susurró:

—Entre tú y yo, cantas como follan los viejos.

Charles Krantz, el futuro contable, contestó también en susurros:

—Como si tú lo supieras, culo de mono.

La hermanita hizo como si no lo oyera.

—Aunque me gusta verte bailar. Te mueves como un blanco, pero aun así.

A la hermanita, también blanca, también le gustaba bailar. A veces, después del ensayo, ella ponía una de sus grabaciones caseras y él bailaba con ella, imitaban a Michael Jackson y se reían como locos.

Chuck está recordando el día que enseñó el *moonwalk* a la hermanita (¿Ramona?) cuando oye la batería. Alguien toca un compás básico de rock que los Retros podrían haber interpretado en los tiempos de «Hang on Sloopy» y «Brand New Cadillac». Por un momento cree que suena en su cabeza, quizá incluso que es el principio de una de las migrañas que lo atormentan de un tiempo a esta parte, pero de pronto la muchedumbre de peatones de la manzana siguiente se despeja el tiempo suficiente para que vea a un chico en camiseta sin mangas, sentado en un taburete y tocando ese delicioso ritmo antiguo.

Chuck piensa: ¿Dónde está esa hermanita con la que bailar cuando la necesitas?

Jared lleva ya diez minutos con lo suyo y no ha conseguido más ganancias que la sarcástica moneda de veinticinco centavos lanzada al Sombrero Mágico por el chico del monopatín. No se lo explica; una agradable tarde de jueves como esa, con el fin de semana a la vuelta de la esquina, ya debería haber cinco dólares en el sombrero. No necesita el dinero para no morirse de hambre, pero no solo de comida y alquiler vive el hombre. Un hombre ha de mantener en orden la imagen que tiene de sí mismo, y tocar la batería allí en Boylston forma parte de la suya en gran medida. Está en el escenario. Está actuando. Haciendo un solo, de hecho. Lo que hay en el sombrero es su manera de juzgar a quiénes les gusta la interpretación y a quiénes no.

Hace girar las baquetas entre las yemas de los dedos, se prepara y toca la introducción de «My Sharona», pero no sale bien. Parece un sonido enlatado. Ve dirigirse hacia él a un típico ejecutivo, con el maletín oscilando como un péndulo corto, y algo en él —sabe Dios qué— despierta en Jared el deseo de anunciar su aproximación. Pasa primero a un compás de reggae y luego a algo más elegante, como un cruce entre «I Heard It Through the Grapevine» y «Susie Q».

Por primera vez desde la rápida combinación de redobles introductoria para probar el sonido de su equipo, Jared siente una chispa y entiende por qué hoy quería el cencerro. Empieza a marcar el tiempo débil con él, y lo que está tocando se metamorfosea en algo parecido a aquel viejo tema de los Champs, «Tequila». Le queda bastante bien. Ha entrado en vena, y esa sensación es como una carretera por la que uno quiere seguir. Podría acelerar el ritmo, intercalar golpes en los timbales, pero está observando al ejecutivo, y no parece lo adecuado para ese tío. Jared no tiene la menor idea de por qué ha entrado en vena al fijar la atención en el ejecutivo, ni le importa. A veces ocurre así, sin más. El hecho mismo de entrar en vena se convierte en una narración. Imagina al ejecutivo de vacaciones en uno de esos lugares donde te ponen una sombrillita rosa en la copa. Quizá esté con su mujer, o quizá sea su secretaria, una rubia ceniza con un biquini de color turquesa. Y eso es lo que oyen. Ese es el batería que calienta para el bolo de la noche antes de que se enciendan las antorchas polinesias.

Cree que el ejecutivo pasará de largo camino de su hotel de ejecutivo; las probabilidades de que alimente el Sombrero Mágico son algo así como entre escasas y nulas. Cuando se vaya, Jared pasará a otro tema, dejará descansar el cencerro, pero de momento ese compás es el correcto.

Sin embargo, el ejecutivo, en lugar de seguir adelante, se detiene. Sonríe. Jared le devuelve la sonrisa y señala con el mentón la chistera colocada en el suelo, sin perder un compás. El ejecutivo no parece fijarse en él, ni alimenta el sombrero. Deja el maletín entre sus zapatos negros de ejecutivo y empieza a mover la cadera de un lado a otro, al compás. Solo la cadera: todo lo demás sigue quieto. Con cara de póquer, parece tener la mirada fija en algún punto que se encuentra por encima de la cabeza de Jared.

—Dale caña, tío —anima un joven, y echa unas monedas al sombrero. Por el ejecutivo con su suave contoneo, no por el compás, pero bien está que así sea.

Jared acomete el charles con golpes rápidos y suaves, rozándolo, casi acariciándolo. Con la otra mano, marca el tiempo débil con el cencerro y utiliza el pedal para añadir un ligero fondo. Queda bien. El tío del traje gris parece un banquero, pero ese contoneo se las trae. Levanta una mano y comienza a mover el dedo índice al compás. En el dorso de la mano tiene una pequeña cicatriz en forma de media luna.

Chuck oye el cambio de ritmo, que adquiere un tono algo más exótico, y está a punto de volver en sí y alejarse. Pero de pronto piensa: y una mierda, no hay ninguna ley que prohíba bailar un poco en la acera. Se aparta del maletín para no tropezar; luego se lleva las manos a las caderas en movimiento y, girando como en un paso de *jive* en el sentido de las agujas del reloj, da media vuelta. Es lo que hacía en sus tiempos, cuando la banda tocaba «Satisfaction» o «Walking the Dog». Alguien se ríe, otro aplaude, y él vuelve a girar en dirección contraria, con lo que se le agita el faldón de la chaqueta. Se acuerda de cuando bailaba con la hermanita. La hermanita era una mocosa malhablada, pero desde luego sabía menear el esqueleto.

Chuck no meneaba el esqueleto —con ese vaivén místico y satisfactorio— desde hacía años, pero tiene la sensación de que cada paso es perfecto. Levanta una pierna y gira sobre el otro tacón. Acto seguido, entrelaza las manos detrás de la espalda como un colegial llamado a recitar y hace un *moonwalk* en la acera, delante del maletín, sin moverse del sitio.

El batería exclama «¡Uau, papi!», asombrado y complacido. Acelera el ritmo, pasa del cencerro al timbal goliat con la mano izquierda, accionando el pedal, sin abandonar en ningún momento el suspiro metálico del charles. Empieza a congregarse gente. En el Sombrero Mágico se acumula el dinero: tanto billetes como monedas. Aquí pasa algo.

Dos jóvenes con boinas a juego y camisetas de la Coalición Arcoíris se hallan al frente de la pequeña muchedumbre. Uno de ellos lanza lo que parece un billete de cinco y grita:

—¡Dale, tío, dale!

Chuck no necesita que lo animen. Ya está metido de lleno. «La banca en el siglo XXI» se ha esfumado de su mente. Se desabrocha la chaqueta del traje, se la echa atrás con el dorso de las manos, introduce los pulgares bajo el cinturón como un pistolero, y hace un espagat modificado, hacia fuera y hacia atrás. A eso sigue un paso rápido y un giro. El batería se ríe y asiente.

—Eres el amo —dice—. ¡Eres el gran amo, papi!

El gentío va en aumento, el sombrero se está llenando. A Chuck el corazón, más que latirle, le martillea en el pecho. Una buena manera de tener un infarto, pero le da igual. Si su mujer lo viera, se quedaría de piedra, y le da igual. Su hijo se abochornaría, pero su hijo no está ahí. Apoya el zapato derecho en la pantorrilla izquierda, gira otra vez y, cuando vuelve a situarse en el centro, mirando al frente, ve a una joven bonita al lado de los tipos con boina. Viste una blusa vaporosa de color rosa y una falda cruzada. Lo observa con los ojos como platos y mirada de fascinación.

Chuck, sonriendo, le tiende las manos y chasca los dedos.

—Ven —dice—. Ven, hermanita, ven a bailar conmigo.

Jared duda que la chica se preste —parece más bien tímida—, pero se acerca lentamente al hombre del traje gris. A lo mejor el Sombrero Mágico de verdad es mágico.

—¡A bailar! —dice uno de los hombres con boina, y otros se suman a la petición batiendo palmas al ritmo marcado por Jared—. ¡A bailar, a bailar, a bailar!

Janice despliega una sonrisa, como diciendo «qué demonios», arroja el bolso junto al maletín de Chuck y le coge las manos. Jared abandona lo que estaba tocando y pasa a Charlie Watts, aporreando enérgicamente. El ejecutivo hace girar a la chica, apoya una mano en su esbelta cintura, la atrae hacia sí y ejecuta unos pasos rápidos con ella por delante de la batería, casi hasta la esquina del edificio de Walgreens. Janice se separa, blande el dedo como si reprendiera a Chuck, «travieso, travieso», luego se acerca de nuevo y le coge las dos manos. Como si lo hubieran ensayado un centenar de veces, él hace otro espagat modificado y ella se desliza entre sus piernas, un atrevido movimiento con el que se le abre la falda cruzada hasta lo alto del bonito muslo. Se oyen unas exclamaciones ahogadas cuando ella, tras apoyarse en una mano abierta, salta de nuevo hacia atrás. Se ríe.

—No más —dice Chuck dándose palmadas en el pecho—. No puedo...

Ella se abalanza hacia él de un brinco, le planta las manos en los hombros, y al final resulta que él sí puede. La sujeta por la cintura, la hace rotar apoyándola en su cadera y luego la deposita limpiamente en el suelo. Le sostiene en alto la mano izquierda y ella gira debajo como una bailarina embriagada. Ya debe de haber un centenar de personas mirando; abarrotan la acera e invaden la calle. Prorrumpen en nuevos aplausos.

Jared recorre los tambores una vez, golpea los platillos y luego alza las baquetas en un gesto triunfal. Sigue otra salva de aplausos. Chuck y Janice se miran, los dos sin aliento. Chuck tiene el cabello, ya un poco canoso, pegado a la frente sudorosa.

—¿Qué estamos haciendo? —pregunta Janice. Ahora que la batería ha dejado de sonar, se la ve aturdida.

—No lo sé —contesta Chuck—, pero es lo mejor que me ha pasado desde hace qué sé yo cuánto tiempo.

El Sombrero Mágico está a rebosar.

—¡Más! —vocifera alguien, y la multitud se suma.

Muchos sostienen su teléfono en alto, listos para capturar el siguiente baile, y la chica parece dispuesta, pero ella es joven. Chuck está extenuado. Mira al batería y mueve la cabeza en un gesto de negación. El batería asiente para indicar que se hace cargo. Chuck se pregunta cuánta gente habrá reaccionado con la rapidez suficiente para grabar ese primer baile, y qué pensará su mujer si lo ve. O su hijo. ¿Y si se hace viral? Improbable, pero si ocurre, si llega al banco, ¿qué pensarán cuando vean al hombre que han enviado a un congreso en Boston menear el esqueleto en Boylston Street con una mujer que podría ser su hija? O la hermanita de alguien, si a eso vamos. ¿Qué cree que está haciendo?

—Se acabó, gente —anuncia el batería—. Uno ha de retirarse cuando va ganando.

—Y yo me tengo que ir a casa —dice la chica.

—Todavía no —dice el batería—. Por favor.

Veinte minutos después, están sentados en un banco frente al estanque de los patos del Common. Jared ha telefoneado a Mac. Chuck y Janice han ayudado a Jared a recoger el material y cargarlo en la furgoneta. Unos cuantos rezagados los felicitan, les chocan los cinco, añaden unos cuantos pavos más al sombrero rebosante. Cuando se ponen en marcha —Chuck y Janice uno al lado del otro en el asiento trasero, sus pies entre pilas de cómics—, Mac dice que será imposible encontrar aparcamiento cerca del Common.

—Hoy sí encontraremos —asegura Jared—. Hoy es un día mágico.

Y lo encuentran, justo enfrente del Four Seasons.

Jared cuenta el dinero. Alguien ha echado un billete de cincuenta, quizá el hombre de la boina, confundiéndolo por uno de cinco. En total asciende a unos cuatrocientos dólares. Jared nunca había tenido un día así. Nunca había esperado tenerlo. Aparta el diez por ciento de Mac (Mac está al borde del estanque dando de comer a los patos trozos de galleta de mantequilla de cacahuete de una bolsa que casualmente llevaba en el bolsillo); luego empieza a repartir el resto.

—Ah, no —dice Janice cuando entiende lo que se propone—. Eso es tuyo.

Jared niega con la cabeza.

—No, a partes iguales. Yo solo no habría conseguido ni la mitad de esto aunque hubiera tocado hasta las doce de la noche. —Cosa que la policía no le habría permitido—. A veces saco treinta pavos, y eso en los días buenos.

Chuck siente el principio de uno de sus dolores de cabeza y sabe que a eso de las nueve se habrá agravado, pero aun así la seriedad del joven le arranca una risa.

—De acuerdo. No lo necesito, pero supongo que me lo he

ganado. —Alarga el brazo y da una palmada a Janice en la mejilla, tal como a veces daba una palmada en la mejilla a la hermanita malhablada del guitarra—. Y tú también, jovencita.

—¿Dónde has aprendido a bailar así? —pregunta Jared a Chuck.

—Bueno, en secundaria había un curso extraescolar que se llamaba Giros y Piruetas, pero fue mi abuela quien me enseñó los mejores pasos.

—¿Y tú? —pregunta a Janice.

—Más o menos lo mismo —responde ella, y se sonroja—. Los bailes del instituto. ¿Dónde has aprendido tú a tocar la batería?

—Por mi cuenta. Como tú —dice a Chuck—. Cuando has empezado tú solo, era una pasada, tío, pero la chica le ha añadido toda una dimensión nueva. Podríamos ganarnos la vida con esto, ¿sabéis? Estoy convencido de que, actuando en la calle, podríamos dar el salto a la fama y la fortuna.

En un momento de locura, Chuck se lo plantea y ve que lo mismo hace la chica. No en serio, sino del modo en que fantaseas con una vida alternativa. Una vida en la que te dedicas al béisbol profesional o escalar el Everest o haces un dúo con Bruce Springsteen en un concierto en un estadio. Chuck se ríe otra vez y menea la cabeza. La chica se guarda su tercera parte en el bolso, también ella ríe.

—Tú has sido el verdadero causante de todo —dice Jared a Chuck—. ¿Qué te ha llevado a pararte delante de mí? ¿Y qué te ha llevado a empezar a moverte?

Chuck se detiene a pensarlo y finalmente se encoge de hombros. Podría contestar que lo ha hecho porque se ha acordado de aquella banda mediocre, los Retros, y por lo mucho que le gustaba bailar en el escenario durante los solos instrumentales, exhibiéndose, meneando el soporte del micrófono entre las piernas, pero no ha sido por eso. Y a decir verdad, ¿bailó alguna vez con ese brío y esa libertad en aquel entonces, cuando era un adolescente ágil, sin dolores de cabeza y sin nada que perder?

—Ha sido mágico —dice Janice. Deja escapar una risita. No esperaba oír hoy ese sonido procedente de ella. Llorar, sí. Reír, no—. Como tu sombrero.

Mac regresa.

—Jere, o nos ponemos en marcha o acabarás gastando tus ganancias en mi multa de aparcamiento.

Jared se levanta.

—¿Seguro que no queréis cambiar de oficio, vosotros dos? Podríamos actuar por toda la ciudad, desde Beacon Hill hasta Roxbury. Hacernos un nombre.

—Yo tengo que asistir a un congreso mañana —responde Chuck—. El sábado cojo el avión de vuelta a casa. Me esperan mi mujer y mi hijo.

—Y yo no puedo hacerlo sola —dice Janice con una sonrisa—. Sería como Ginger sin Fred.

—Lo entiendo —responde Jared, y tiende los brazos—. Pero tenéis que venir aquí antes de iros. Abrazo grupal.

Se acercan a él. Chuck sabe que huelen su sudor —ese traje tendrá que ir a la tintorería antes de que vuelva a ponérselo, y limpiarse a fondo—, y él huele el de ellos. No pasa nada. Piensa que la chica ha acertado de pleno al utilizar la palabra «mágico». A veces esas cosas ocurren. No muy a menudo, pero sí alguna que otra vez. Es como encontrar un billete de veinte olvidado en el bolsillo de un abrigo viejo. O fantasmas en una habitación abandonada.

—Músicos callejeros para siempre —dice Jared.

Chuck Krantz y Janice Halliday lo repiten.

—Músicos callejeros para siempre —repite Mac—, genial. Ahora salgamos de aquí antes de que aparezca el controlador de parquímetros, Jere.

Chuck dice a Janice que él se dirige al hotel Boston, que está más allá del Prudential Center, por si ella va en la misma dirección. Janice antes sí tenía previsto ir a pie hacia allí, hasta Fenway, abandonándose a la melancolía por la mala jugada de su exnovio y mascullando bobadas patéticas a su bolso, pero ha cambiado de idea. Dice que tomará el metro en Arlington Street.

Él la acompaña, atajan por el parque. En lo alto de la escalera, Janice se vuelve hacia él.

—Gracias por el baile.

Él responde con una inclinación de cabeza.

—Ha sido un placer.

La observa hasta que la pierde de vista y luego desanda el camino por Boylston. Avanza despacio porque le duele la espalda, le duelen las piernas y le palpita la cabeza. No recuerda haber tenido jaquecas tan intensas como esa en toda su vida. No hasta hace un par de meses, claro. Piensa que si sigue así tendrá que ir al médico. Piensa que sabe cuál podría ser la causa.

Pero ya se ocupará de eso más adelante. Si es que se ocupa. Esta noche ha decidido obsequiarse con una buena cena —por qué no, se la ha ganado— y una copa de vino. Pensándolo mejor, una botella de Evian. El vino podría intensificar el dolor de cabeza. Cuando haya terminado de cenar —con postre incluido, eso por descontado—, llamará a Ginny y le dirá que es posible que su marido sea el próximo fenómeno del momento en internet. Probablemente no llegue a ocurrir, en algún lugar alguien ahora mismo estará grabando a un perro que hace malabares con botellas vacías y algún otro estará inmortalizando a una cabra fumándose un puro, pero es mejor no esconderlo, por si acaso.

Cuando pasa por el sitio donde Jared tenía instalada la batería, persisten las dos mismas preguntas: ¿Por qué te has parado a escuchar y por qué te has puesto a bailar? No lo sabe, ¿y las respuestas mejorarían algo de por sí bueno?

Más adelante perderá la facultad de andar, y ya no digamos la de bailar con la hermanita en Boylston Street. Más adelante perderá la facultad de masticar, y sus comidas saldrán de una batidora. Más adelante perderá la noción de la diferencia entre despertar y dormir, y entrará en un inframundo de dolor tan intenso que se preguntará por qué creó Dios el mundo. Más adelante olvidará el nombre de su mujer. Lo que sí recordará —de vez en cuando— es que se detuvo, y dejó el maletín, y empezó a mover la cadera al ritmo de la batería, y pensará que esa es la razón por la que Dios creó el mundo. La única razón.

Acto I: Contengo multitudes

1

Chuck esperaba con ilusión la llegada de una hermana pequeña. Su madre le prometió que podría cogerla en brazos si tenía mucho cuidado. Naturalmente, también esperaba conservar a sus padres, pero nada de eso se cumplió debido a una placa de hielo en un paso elevado de la I-95. Mucho más tarde, ya en la universidad, diría a una novia que en muchas novelas, películas y series los padres del protagonista morían en un accidente de tráfico, pero él era la única persona que conocía a la que le había ocurrido en la vida real.

La novia reflexionó al respecto y finalmente se pronunció.

—Estoy segura de que ocurre todo el tiempo, aunque también puedes quedarte sin padres a causa de un incendio en casa, un tornado, un huracán, un terremoto o un alud mientras estás de vacaciones en la nieve. Por mencionar solo unas cuantas posibilidades. ¿Y qué te hace pensar que eres el protagonista de algo que no sea tu propia mente?

La novia era poeta y una especie de nihilista. La relación duró solo un semestre.

Chuck no iba en el coche cuando dio una vuelta de campana y salió volando del paso elevado de la autopista porque sus padres habían quedado para cenar y a él esa noche lo cuidaban sus abuelos, a quienes por entonces aún llamaba Zaydee y Bubbie (cosa que dejó de hacer casi del todo en tercero, cuando los niños empezaron a burlarse de él y decidió recurrir a los términos más habituales «abuelo» y «abuela»). Albie y Sarah Krantz vivían a menos de dos kilómetros calle abajo, y lo más natural fue que lo criaran ellos después del accidente, cuando pasó a ser —o así se vio él inicialmente— un huérfano. Tenía siete años.

Durante un año —quizá un año y medio—, aquella fue una casa sumida en la más absoluta tristeza. Los Krantz no solo habían perdido a un hijo y a una nuera; habían perdido también a la nieta que habría nacido tres meses más tarde. Ya habían elegido nombre: Alyssa. Cuando Chuck dijo que a él eso le sonaba a lluvia, su madre rio y lloró al mismo tiempo.

Eso él nunca lo olvidó.

Por supuesto, conocía a sus otros abuelos, los visitaba cada verano, pero en esencia eran unos desconocidos para él. Cuando se quedó huérfano, lo telefoneaban muy a menudo, las típicas llamadas para saber cómo estaba y cómo le iba en el colegio, y las visitas en verano prosiguieron; Sarah (alias Bubbie, alias abuela) lo llevaba en avión. Pero los padres de su madre continuaron siendo unos desconocidos que vivían en la extraña tierra de Omaha. Le enviaban regalos por su cumpleaños y por Navidad —este último era un detalle muy bonito, porque los abuelos no celebraban la Navidad—, pero, por lo demás, para él siguieron siendo personas ajenas, como los profesores que quedaban atrás a medida que iba avanzando cursos.

Chuck fue el primero en empezar a desprenderse del luto metafórico, con lo que arrancó forzosamente a sus abuelos (mayores, sí, pero no *ancianos*) de su propio dolor. Al cabo de un tiempo, cuando Chucky tenía diez años, lo llevaron a Disneylandia. Tenían habitaciones contiguas en el Swan Resort, y por la noche dejaban abierta la puerta que las comunicaba. Chuck solo oyó llorar a su abuela una vez. En general, lo pasaron bien.

Parte de esas buenas sensaciones volvieron a casa con ellos. A veces Chuck oía a la abuela tararear en la cocina o cantar al son de la radio. Después del accidente, habían recurrido con frecuencia a las comidas para llevar (y a las cajas reciclables de botellas de Budweiser para el abuelo), pero el año siguiente a la visita a Disneylandia la abuela comenzó a cocinar otra vez. Buenas comidas con las que el niño, antes flaco, ganó peso.

A su abuela, mientras cocinaba, le gustaba escuchar rock and roll, música que Chuck habría considerado demasiado juvenil para ella, pero que sin duda le encantaba. Si Chuck se acercaba a la cocina en busca de una galleta o quizá con la esperanza de prepararse un rollo de pan de molde relleno de azúcar moreno, a veces la abuela levantaba las manos hacia él y empezaba a chascar los dedos.

—Baila conmigo, Henry —decía.

Él se llamaba Chuck, no Henry, pero solía seguirle la corriente. Le enseñó algunos pasos de *jitterbug* y un par de movimientos híbridos. Le dijo que había más, pero que ella tenía la espalda delicada y no podía ejecutarlos.

—Aunque puedo mostrártelos —dijo, y un sábado llevó una pila de cintas de vídeo del Blockbuster.

Estaban *En alas de la danza*, con Fred Astaire y Ginger Rogers, *West Side Story*, y la favorita de Chuck, *Cantando bajo la lluvia*, en la que Gene Kelly bailaba con una farola.

—Podrías aprender esos pasos —agregó—. Tienes un don natural, chico.

Una vez, mientras tomaban té helado después de un esfuerzo especialmente extenuante con «Higher and Higher», de Jackie Wilson, le preguntó cómo era ella cuando iba al instituto.

—Era un bombón —contestó—. Pero no se lo digas a tu *zaydee*. Es de la vieja escuela, ese hombre.

Chuck nunca se lo dijo.

Y nunca entró en la cúpula.

No por aquel entonces.

Preguntó al respecto, claro, y más de una vez. Qué había allí arriba, qué se veía desde la ventana, por qué estaba cerrada. Porque el suelo no era firme y uno podía caerse a través, respondía la abuela. El abuelo daba la misma explicación, que allí arriba no había nada porque el suelo estaba podrido, y lo único que se veía desde las ventanas era un centro comercial, nada del otro mundo. Dijo eso hasta que una noche, poco antes de que Chuck cumpliera los once años, le contó al menos parte de la verdad.

La bebida y los secretos no hacen buena pareja, eso lo sabe todo el mundo, y después de la muerte de su hijo, su nuera y su nieta en camino (Alyssa, que suena a lluvia), Albie Krantz empezó a beber mucho. Debería haber comprado acciones de Anheuser-Busch, de tanto como bebía. Podía hacerlo porque estaba jubilado, tenía una situación económica holgada, y se sentía muy deprimido.

Después del viaje a Disneylandia, el hábito fue a menos, hasta reducirse a una copa de vino en la cena o una cerveza delante de un partido de béisbol. En general. De vez en cuando —al principio era cada mes, más adelante cada dos— el abuelo de Chuck pillaba una cogorza. Siempre en casa, y siempre sin gran alboroto. Al día siguiente, se movía despacio y comía poco hasta la tarde; entonces volvía a la normalidad.

Una noche, mientras su abuelo veía a los Red Sox recibir una paliza a manos de los Yankees, ya avanzado el segundo paquete de seis latas de Bud, Chuck sacó de nuevo el tema de la cúpula. Más que nada por hablar de algo. Con los Sox perdiendo de nueve, no podía decirse que el partido retuviera su atención.

—Seguro que se ve más allá del centro comercial Westford —comentó Chuck.

El abuelo se quedó pensativo y finalmente quitó el sonido del televisor con el mando a distancia, dejando en silencio un anuncio de la camioneta Ford del mes. (El abuelo me explicó que Ford significaba Fallos O Reparaciones Diarios».)

—Si subieras allí, quizá verías mucho más de lo que te conviene —dijo—. Por eso está cerrada con llave, jovencito.

Chuck sintió que lo recorría un leve y no del todo desagradable escalofrío, y de inmediato afloraron a su mente Scooby-Doo y sus amigos persiguiendo fantasmas en la Máquina del Misterio. Deseó preguntar al abuelo a qué se refería, pero la parte adulta de él —no del todo presente, no, no a los diez años, aunque había empezado a hablar esporádicamente— le indicó que callara. Que callara y esperara.

—¿Sabes de qué estilo es esta casa, Chucky?

—Victoriana —respondió Chuck.

—Exacto, y no victoriana de imitación. Se construyó en 1885, y desde entonces se ha reformado media docena de veces, pero la cúpula lleva ahí desde el principio. Tu abuela y yo la compramos cuando el negocio del calzado se disparó, y nos la dejaron a un precio de ganga. Vivimos aquí desde 1971, y en todos estos años no he subido a esa condenada cúpula más de cinco o seis veces.

—¿Porque el suelo está podrido? —preguntó Chuck con cautivadora inocencia, o esa era la intención.

—Porque está llena de fantasmas —contestó el abuelo, y Chuck volvió a sentir el escalofrío. Esa vez ya no tan agradable.

Aunque tal vez el abuelo bromeara. Últimamente bromeaba de vez en cuando. Las bromas eran para el abuelo lo que el baile para la abuela. Ladeó la cerveza. Eructó. Tenía los ojos rojos.

—El fantasma de las Navidades futuras. ¿Te acuerdas de eso, Chucky?

Chuck lo recordaba: veían *Cuento de Navidad* todos los años en Nochebuena, pese a que, por lo demás, no celebraban la Navidad. Pero eso no significaba que supiera a qué se refería.

—Lo del hijo de los Jefferies ocurrió solo al cabo de uno o dos meses —dijo el abuelo. Tenía la mirada fija en el televisor, pero Chuck no creía que lo viera realmente—. Lo que le pasó a Henry Peterson…, eso tardó más tiempo. Fue al cabo de cuatro o cinco años. Para entonces ya casi me había olvidado de lo que había visto ahí arriba. —Apuntó al techo con el pulgar—. Después de eso juré que nunca más volvería a subir, y ojalá no hubiera subido. Por Sarah, tu *bubbie*, y el pan. Es la espera, Chucky, esa es la parte difícil. Ya lo descubrirás cuando seas…

Se abrió la puerta de la cocina. Era la abuela, que volvía de casa de la señora Stanley, la vecina de enfrente. La abuela le había llevado caldo de pollo porque se encontraba indispuesta. O al menos eso decía la abuela, aunque Chuck, pese a no haber cumplido aún los once años, sospechaba que existía otra razón. La señora Stanley conocía todas las habladurías del vecindario («Es una *yente*, esa», decía el abuelo), y siempre estaba dispuesta a compartirlas. La abuela ponía al corriente de todas las novedades al abuelo, por lo general después de invitar a Chuck a salir de la habitación. Pero que saliera de la habitación no significaba que no los oyera.

—¿Quién era Henry Peterson, abuelo? —preguntó Chuck.

El abuelo, sin embargo, había oído entrar a su mujer. Se irguió en el sillón y dejó la lata de Bud a un lado.

—¡Mira eso! —exclamó en una imitación aceptable de un estado de sobriedad (por más que la abuela no se dejara engañar)—. ¡Los Sox ocupan todas las bases!

3

En la segunda mitad de la octava entrada, la abuela, con la excusa de que hacía falta leche para los cereales de Chuck de la mañana siguiente, mandó al abuelo al Zoney's Go-Mart, a la vuelta de la esquina.

—Y no se te ocurra ir en coche. Con el paseo te despejarás.

El abuelo no rechistó. Con la abuela casi nunca refunfuñaba y, cuando lo intentaba, no salía bien parado. Nada más marcharse, la abuela —Bubbie— se sentó al lado de Chuck y lo rodeó con un brazo. Chuck apoyó la cabeza en su hombro gratamente mullido.

—¿Estaba tu abuelo contándote esas bobadas suyas sobre fantasmas? ¿Los que viven en la cúpula?

—Hummm, sí. —No tenía sentido mentir; la abuela siempre lo notaba en el acto—. ¿Los hay? ¿Tú los has visto?

La abuela resopló.

—¿Tú qué crees, *hantel*? —Con el tiempo, Chuck caería en la cuenta de que eso no era una respuesta—. Yo no le haría mucho caso a tu *zaydee*. Es un buen hombre, pero a veces se pasa un poco con la bebida. Entonces se deja llevar por sus obsesiones. Seguro que sabes a qué me refiero.

Chuck, en efecto, lo sabía. Nixon tendría que haber acabado en la cárcel; los *faygehlehs* se estaban apoderando de la cultura americana y volviéndola de color rosa; el desfile de Miss America (que a la abuela le encantaba) era la típica exhibición de carne. Pero nunca había hablado de los fantasmas de la cúpula. Al menos a Chuck.

—Bubbie, ¿quién era el hijo de los Jefferies?

Ella suspiró.

—Eso fue algo muy triste, chuckitín. —(Esa era una bromita suya)—. Vivía en la siguiente manzana, y lo atropelló un conductor borracho cuando salió corriendo a la calle detrás de una pelota. De eso hace mucho. Si tu abuelo te ha dicho que lo vio antes de que ocurriera, se equivoca. O se lo inventa para alguna de sus bromas.

La abuela se daba cuenta cuando Chuck mentía; esa noche Chuck descubrió que era un don que podía aplicarse en ambas direcciones. Se traslució en la manera en que ella dejó de mirarlo y desvió la vista hacia el televisor, como si las imágenes tuvieran algún interés, cuando Chuck sabía que a la abuela le importaba un comino el béisbol, incluso la Serie Mundial.

—Lo que pasa es que bebe demasiado —insistió la abuela, y con eso dio el tema por zanjado.

Quizá fuera verdad. *Probablemente* era verdad. Pero después de aquello a Chuck le daba miedo la cúpula, con su puerta cerrada en lo alto de un tramo corto (seis peldaños) de estrecha escalera iluminada por una única bombilla desnuda que colgaba de un cable negro. Pero la fascinación es la hermana gemela del miedo, y a veces, después de aquella noche, cuando sus abuelos no estaban, se atrevía a subir por esos peldaños. Tocaba el candado Yale, haciendo una mueca si tintineaba (sonido que podía perturbar a los fantasmas encerrados dentro), y luego corría escalera abajo mirando por encima del hombro. Era fácil imaginar que el candado se abría y caía al suelo. Que la puerta se abría con un chirrido de aquellas bisagras en desuso. Suponía que, si eso llegaba a ocurrir, podía morir de miedo.

4

El sótano, en cambio, no daba nada de miedo. Estaba bien iluminado, con fluorescentes. Después de vender las zapaterías y jubilarse, el abuelo pasaba mucho tiempo allí abajo haciendo trabajos de carpintería. Siempre se percibía un olor dulzón a serrín. En un rincón, lejos de las garlopas, las lijadoras y la sierra de cinta que Chuck tenía prohibido tocar, encontró una caja de viejos libros de los Hardy Boys del abuelo. Eran antiguos, pero muy buenos. Él estaba leyendo *The Sinister Signpost* un día en la cocina, esperando a que la abuela retirara del horno una bandeja de galletas, cuando ella le arrancó el libro de las manos.

—Puedes dedicarte a algo mejor que eso —dijo—. Ya va siendo hora de que subas el nivel, chuckitín. Espera aquí.

—Estaba llegando a la parte más interesante —protestó Chuck.

Ella resopló, un sonido al que solo hacían verdadera justicia las *bubbies* judías.

—En esos libros no hay partes interesantes —dijo, y se llevó el libro.

Regresó con *El asesinato de Roger Ackroyd.*

—Esta sí es una buena novela de misterio —aseguró—. Sin adolescentes memos corriendo de acá para allá en tartanas. Considéralo tu introducción a la literatura de verdad. —Se quedó pensativa—. Bueno, no es Saul Bellow, pero no está mal.

Chuck empezó el libro solo por complacer a su abuela, y enseguida lo atrapó. A sus once años, leyó casi dos docenas de novelas de Agatha Christie. Probó con un par de Miss Marple, pero le gustaba mucho más Hercule Poirot, con su remilgado bigote y sus neuronas. Poirot sabía lo que era pensar. Un día Chuck, durante sus vacaciones de verano, mientras leía *Asesinato en el Orient Express* en la hamaca del jardín trasero, echó un vistazo casualmente a la ventana de la cúpula, mucho más arriba. Se preguntó cómo investigaría monsieur Poirot aquel misterio.

Ajá, pensó. Y luego *Voilà*, que era aún mejor.

La siguiente vez que su abuela preparó magdalenas de arándanos, Chuck preguntó si podía llevar unas cuantas a la señora Stanley.

—Es todo un detalle por tu parte —dijo la abuela—. Sí, hazlo, buena idea. Pero no te olvides de mirar a los dos lados cuando cruces la calle. —Siempre le decía eso cuando se disponía a salir de casa. Ahora, con la materia gris activada, se preguntó si ella estaría pensando en el hijo de los Jefferies.

La abuela era rechoncha (y cada vez más), pero la señora Stanley le doblaba el tamaño. Era una viuda que, al caminar, resollaba como un neumático pinchado, y daba la impresión de que llevaba siempre la misma bata de seda rosa. Chuck se sintió vagamente culpable por llevarle unas pastas que aumentarían su cintura, pero necesitaba información.

La señora Stanley le dio las gracias por las magdalenas y preguntó —como estaba casi seguro que haría— si le apetecía comerse una con ella en la cocina.

—¡Puedo preparar té!

—Gracias —respondió Chuck—, no bebo té, pero sí me tomaría un vaso de leche.

Cuando estaban sentados a la pequeña mesa de la cocina, bañados por el sol de junio, la señora Stanley le preguntó cómo les iban las cosas a Albie y a Sarah. Chuck, consciente de que todo lo que dijera en esa cocina saldría a la calle antes de que terminara el día, respondió que les iba bien. Pero, como Poirot sostenía que uno debía dar un poco si quería obtener un poco, añadió que la abuela estaba reuniendo ropa para el refugio luterano de los sintecho.

—Tu abuela es una santa —dijo la señora Stanley, obviamente decepcionada al ver que no había nada más—. ¿Y qué me dices de tu abuelo? ¿Se ha hecho mirar aquello que tenía en la espalda?

—Sí —respondió Chuck, y tomó un sorbo de leche—. El médico se lo quitó y le hicieron unas pruebas. No era de los malos.

—¡Gracias a Dios!

—Sí —convino Chuck. Como ya había dado un poco, se sentía con derecho a recibir—. Antes lo he oído hablar con la abuela de un tal Henry Peterson. Me parece que está muerto.

Se había preparado para una decepción; posiblemente ella no tenía la menor idea de quién era Henry Peterson. Pero la señora Stanley abrió mucho los ojos, tanto que Chuck temió que se le salieran, y se agarró el cuello como si se hubiera atragantado con un trozo de magdalena de arándanos.

—¡Ay, qué triste fue aquello! ¡Un *horror*! Era el contable que le llevaba las cuentas a tu padre, ¿sabes? También a otras empresas. —Se inclinó hacia delante, y su bata, al abrirse, reveló a Chuck un seno tan grande que parecía fruto de una alucinación. Seguía aferrándose el cuello—. ¡Se *mató!* —susurró—. ¡Se *ahorcó!*

—¿Por un desfalco? —preguntó Chuck. En los libros de Agatha Christie, los desfalcos eran habituales. También los chantajes.

—¿Cómo? ¡No, por Dios! —Apretó los labios, como si contuviera el impulso de contar algo no apto para los oídos del joven imberbe que tenía sentado delante. Si ese era el caso, al final se impuso su natural proclividad a divulgarlo todo (y a cualquiera)—. ¡Su mujer se fugó con un hombre más joven! ¡Apenas tenía edad para votar, *y ella pasaba ya de los cuarenta*! ¿Qué opinas tú de eso?

Así a bote pronto la única respuesta que se le ocurrió a Chuck fue «¡Uau!», y al parecer bastó con eso.

Ya de vuelta en casa, sacó su cuaderno del estante y anotó: «El A. vio al fantasma del hijo de los Jefferies <u>no mucho antes de su muerte</u>. Vio al fantasma de H. Peterson <u>4 o 5 años antes de su muerte.</u>» Chuck se interrumpió y, preocupado, mordisqueó la punta de su Bic. No deseaba escribir lo que tenía en la cabeza, pero consideró que un buen detective debía hacerlo.

Sarah y el pan. ¿¿¿<u>vio al fantasma de la abuela en la cúpula</u>???

La respuesta se le antojó obvia. ¿Por qué, si no, habría hablado el abuelo de lo difícil que era la espera?

Ahora también yo estoy esperando, pensó Chuck. Y confiando en que todo sea un montón de tonterías.

5

El último día de sexto curso, la señorita Richards —una joven amable y hippiosa que no poseía la autoridad necesaria para imponer disciplina y probablemente no duraría mucho en el sistema de enseñanza público— intentó leer a la clase de Chuck unos versos del «Canto a mí mismo», de Walt Whitman. La cosa no fue bien. Los chicos estaban alborotados y no querían saber nada de poesía, solo querían huir a los inminentes meses de verano. Chuck, como todos los demás, aprovechaba que la señorita Richards tenía la mirada fija en el libro para lanzar bolas de papel masticado o hacerle una peineta a Mike Enderby, pero un verso resonó en su cabeza y lo indujo a erguirse en su asiento.

Cuando por fin terminó la clase y los niños quedaron libres, él siguió allí. La señorita Richards, sentada tras su escritorio, se apartó un mechón de pelo de la frente con un soplido. Al ver a Chuck todavía allí de pie, le dirigió una sonrisa de cansancio.

—Sí que ha ido bien la clase, ¿eh?

Chuck reconocía el sarcasmo nada más oírlo, incluso cuando era sutil y el blanco era uno mismo. Al fin y al cabo, era judío. Bueno, medio judío.

—¿Qué significa cuando dice «Soy inmenso, contengo multitudes»?

Ante esto, la sonrisa cobró vida en el rostro de la señorita Richards. Apoyó la barbilla en un pequeño puño y lo miró con sus bonitos ojos grises.

—¿Qué crees tú que significa?

—¿Que contiene a toda la gente que él conoce? —se aventuró a decir Chuck.

—Sí —asintió ella—, pero quizá incluso a más gente. Inclínate hacia mí.

Chuck se inclinó por encima del escritorio, donde vio un ejemplar de *Poesía estadounidense* encima del boletín de calificaciones. Con suma delicadeza, ella acercó las palmas de las manos a las sienes de Chuck. Las tenía frías. Fue una sensación tan maravillosa que tuvo que contener un estremecimiento.

—¿Qué hay entre mis manos? ¿Solo las personas que conoces?

—Más —respondió Chuck. Estaba pensando en su madre y su padre y en el bebé al que nunca tuvo ocasión de coger en brazos. Alyssa, nombre que suena a lluvia—. Recuerdos.

—Sí —dijo ella—. Todo lo que ves. Todo lo que sabes. El *mundo*, Chucky. Los aviones en el cielo, las tapas de alcantarilla en la calle. Cada año que vivas, ese mundo que hay dentro de tu cabeza será más grande y luminoso, más detallado y complejo. ¿Lo entiendes?

—Creo que sí —respondió Chuck.

Lo abrumó la idea de tener todo un mundo dentro del frágil receptáculo de su cráneo. Pensó en el hijo de los Jefferies, atropellado en la calle. Pensó en Henry Peterson, el contable de su padre, muerto en el extremo de una soga (eso le había provocado pesadillas). Sus mundos oscureciéndose. Como una habitación cuando apagas la luz.

La señorita Richards apartó las manos. Parecía preocupada.

—¿Estás bien, Chuckie?

—Sí —contestó él.

—Pues sigue así. Eres buen chico. Me ha gustado tenerte en clase.

Chuck se dirigió hacia la puerta, pero de pronto se volvió.

—Señorita Richards, ¿cree usted en los fantasmas?

Ella se paró a pensarlo.

—Creo que los recuerdos *son* fantasmas. En cuanto a los fantasmas que se agitan por los pasillos de castillos húmedos…, en mi opinión, esos solo existen en las películas.

Y quizá en la cúpula de la casa del abuelo, pensó Chuck.

—Buen verano, Chucky.

6

Chuck disfrutó de un buen verano hasta agosto, cuando murió su abuela. Ocurrió calle abajo, en público, lo cual resultó un poco indecoroso, pero al menos fue una de esas muertes con las que la gente, en el funeral, puede decir sin temor a equivocarse: «Gracias a Dios no sufrió». El otro tópico «Tuvo una vida larga y plena» era más dudoso; Sarah Krantz aún no había cumplido los sesenta y cinco, aunque le faltaba poco.

Una vez más, la casa de Pilchard Street se sumió en la más absoluta tristeza, solo que en esa ocasión no hubo viaje a Disney-landia para señalar el inicio de la recuperación. Chuck volvió a llamar a su abuela Bubbie, al menos en su cabeza, y muchas noches se dormía hecho un mar de lágrimas. Lloraba con la cara contra la almohada para que su abuelo no se sintiera aún peor. A veces susurraba «Bubbie, te echo de menos, Bubbie, te quiero» hasta que por fin lo vencía el sueño.

El abuelo se puso el brazalete de luto, y perdió peso, y abandonó sus bromas, y empezó a aparentar más años de los setenta que tenía, pero Chuck percibió también en él (o eso creyó) una sensación de alivio. De ser así, Chuck podía entenderlo. Cuando uno vivía a diario con temor, lógicamente experimentaba alivio cuando el hecho temido por fin sucedía y quedaba atrás. ¿O no?

Después de la muerte de la abuela, no subió por la escalera a la cúpula y se retó a tocar el candado, pero sí fue a Zoney's justo un día antes de empezar séptimo en la escuela de secundaria de Acker Park. Compró un refresco y un Kit-Kat; luego preguntó al dependiente dónde estaba aquella mujer cuando tuvo el derrame y murió. El dependiente, un veinteañero hipertatuado con un montón de pelo rubio engominado y peinado hacia atrás, soltó una risotada desagradable.

—Chaval, eso da repelús. ¿No estarás, no sé, perfeccionando precozmente tus aptitudes de asesino en serie?

—Era mi abuela —dijo Chuck—. Mi *bubbie*. Yo estaba en la piscina pública cuando ocurrió. Al llegar a casa, la llamé, y mi abuelo me dijo que había muerto.

La sonrisa se borró del rostro del dependiente.

—Vaya, tío. Lo siento. Fue allí. En el tercer pasillo.

Chuck se acercó al tercer pasillo sabiendo ya lo que vería.

—Estaba cogiendo una barra de pan —explicó el dependiente—. Al caerse, tiró casi todo lo que había en el estante. Perdona si es demasiada información.

—No —dijo Chuck, y pensó: Esa información ya la conocía.

7

En su segundo día en la escuela de secundaria de Acker Park, Chuck pasó por delante del tablón de anuncios que había junto a la secretaría y, al cabo de un momento, volvió sobre sus pasos. Entre los avisos del Club de Animadores, la Banda de Música y las pruebas de selección para los equipos de los deportes de otoño, había uno en el que se veía a un chico y a una chica captados en pleno paso de baile, él sujetándole en alto la mano y ella girando debajo. ¡APRENDE A BAILAR!, se leía en letras irisadas por encima de los sonrientes niños. En la parte inferior ponía: ¡ÚNETE A GIROS Y PIRUETAS! ¡SE ACERCA EL SARAO DE OTOÑO! ¡SAL A LA PISTA!

Mientras Chuck lo miraba, lo asaltó una imagen de una nitidez dolorosa: la abuela en la cocina tendiéndole las manos. Chascando los dedos y diciendo: «Baila conmigo, Henry».

Esa tarde bajó al gimnasio, donde él y otros nueve alumnos vacilantes fueron recibidos con entusiasmo por la señorita Rohrbacher, la profesora de educación física de las niñas. Chuck era uno de los tres chicos. Había siete chicas. Todas ellas más altas.

Uno de los chicos, Paul Mulford, trató de escabullirse en cuanto se dio cuenta de que allí, con apenas un metro cincuenta, era el niño más bajo. Un auténtico renacuajo. La señorita Rohrbacher lo persiguió y volvió con él a rastras, riéndose alegremente.

—No, no, no —dijo—, ahora eres *mío*.

Y lo era. Todos lo eran. La señorita Rohrbacher era el monstruo del baile, y nadie podía interponerse en su camino. Encendió su radiocasete y les enseñó el vals (Chuck ya lo conocía), el chachachá (Chuck ya lo conocía), el *ball change* (Chuck ya lo conocía) y luego la samba. Ese Chuck no lo conocía, pero cuando la señorita Rohrbacher puso «Tequila», de los Champs, y les enseñó los pasos básicos, los captó de inmediato y se enamoró de la samba.

Era con diferencia el mejor bailarín del pequeño club, así que la señorita Rohrbacher lo emparejaba sobre todo con las niñas más torpes. Él comprendía que lo hacía para que ellas mejoraran, y se lo tomaba bien, pero le resultaba un tanto aburrido.

Sin embargo, hacia el final de los cuarenta y cinco minutos, el monstruo del baile mostraba compasión y lo emparejaba con

Cat McCoy, que era alumna de octavo y la mejor bailarina entre las chicas. Chuck no esperaba un idilio —Cat no solo era preciosa, además medía diez centímetros más que él—, pero le encantaba bailar con ella, y el sentimiento era mutuo. Juntos, cogían el ritmo y se dejaban llevar. Se miraban a los ojos (ella tenía que bajar la vista, lo cual era frustrante, pero, en fin, era lo que había) y se reían de puro placer.

Antes de dejar marchar a los niños, la señorita Rohrbacher los emparejaba (cuatro de las chicas tenían que bailar juntas) y les decía que practicaran estilo libre. Cuando perdían las inhibiciones y la vergüenza, todos lo hacían bastante bien, aunque la mayoría nunca bailarían en el Copacabana.

Un día —corría el mes de octubre, más o menos una semana antes del Sarao de Otoño— la señorita Rohrbacher puso «Billie Jean».

—Fijaos en esto —dijo Chuck, e hizo un *moonwalk* más que aceptable.

Los chicos prorrumpieron en exclamaciones. La señorita Rohrbacher se quedó boquiabierta.

—¡Dios mío! —exclamó Cat—. ¡Enséñame cómo lo haces!

Chuck lo repitió. Cat lo intentó, pero el efecto visual de caminar hacia atrás no se percibía.

—Descálzate —indicó Chuck—. Hazlo en calcetines. Deslízate.

Cat lo hizo. Le quedó mucho mejor, y todos aplaudieron. La señorita Rohrbacher lo probó, y pronto todos los demás hacían el *moonwalk* como locos. Incluso Dylan Masterson, el más torpe del club, lo pilló. Aquel día Giros y Piruetas acabó media hora más tarde que de costumbre.

Chuck y Cat salieron juntos.

—Deberíamos hacerlo en el Sarao —propuso ella.

Chuck, que no tenía previsto ir, se detuvo y la miró con las cejas enarcadas.

—No en plan cita ni nada por el estilo —se apresuró a aclarar Cat—, salgo con Dougie Wentworth… —Chuck ya lo sabía—, pero eso no significa que no podamos enseñarles unos cuantos pasos guay. Yo quiero hacerlo, ¿y tú?

—No lo sé —contestó Chuck—. Soy mucho más bajo que tú. Me parece que la gente se reiría.

—Se me ocurre una idea —dijo Cat—. Mi hermano tiene unos zapatos de tacón cubano, y creo que te vendrían bien. Tienes los pies grandes para ser un crío.

—Vaya, muy amable —repuso Chuck.

Ella se rio y le dio un abrazo fraternal.

En la siguiente sesión de Giros y Piruetas, Cat McCoy se presentó con los zapatos cubanos de su hermano. Chuck, que ya había sobrellevado pullas acerca de su virilidad por formar parte del club de baile, estaba predispuesto a detestarlos, pero fue amor a primera vista. De tacón muy alto y puntera afilada, eran tan negros como una noche cerrada en Moscú. Se parecían mucho a los que llevaba Bo Diddley en su día. Ciertamente le *quedaban* un poco grandes, pero eso lo solucionaron rellenando con papel higiénico las afiladas punteras. Lo mejor de todo…, tío, eran una pasada. Durante el estilo libre, cuando la señorita Rohrbacher puso «Caribbean Queen», el suelo del gimnasio parecía hielo.

—Si rayas ese suelo, los del servicio de limpieza te darán una tunda —advirtió Tammy Underwood.

Probablemente tenía razón, pero Chuck no lo rayó. Se movía con pies demasiado ligeros para eso.

8

Chuck fue sin pareja al Sarao de Otoño, y tanto mejor, porque todas las chicas de Giros y Piruetas quisieron bailar con él. Sobre todo Cat, porque su novio, Dougie Wentworth, no sabía bailar y se pasó la mayor parte de la velada repantigado contra la pared con sus colegas, todos mamando ponche y observando a los bailarines con expresión de desdén y superioridad.

Cat le preguntaba una y otra vez cuándo iban a hacer su número, y Chuck lo postergaba una y otra vez. Decía que reconocería la canción idónea cuando la oyera. Era en su *bubbie* en quien pensaba.

A eso de las nueve, una media hora antes del final previsto del baile, sonó la canción idónea: «Higher and Higher», de Jackie Wilson. Chuck se dirigió pomposamente hacia Cat tendiéndole las manos. Ella se descalzó al instante, y así, gracias a los zapatos cubanos de su hermano, los dos parecían casi de la misma estatura. Salieron a la pista y, cuando hicieron un doble *moonwalk*, se quedaron solos. Los demás formaron un círculo alrededor y empezaron a batir palmas. La señorita Rohrbacher, una de las acompañantes, estaba entre ellos, batiendo palmas con los demás y exclamando: «¡Venga, venga, venga!».

Ellos no se hicieron de rogar. Mientras Jackie Wilson entonaba aquella canción alegre con cierto tono de gospel, los dos bailaron como Fred Astaire, Ginger Rogers, Gene Kelly y Jennifer Beals, todos en una sola pareja. Como remate, Cat giró primero en una dirección y luego en la otra y, por último, con los brazos abiertos en postura de cisne moribundo, se dejó caer de espaldas en los de Chuck. Él ejecutó un espagat y, milagrosamente, no se le rajó la entrepierna del pantalón. Doscientos niños prorrumpieron en vítores cuando Cat volvió la cabeza y le plantó un beso en la comisura de los labios.

—¡*Otra, otra!* —gritó un chico; sin embargo, Chuck y Cat negaron con la cabeza. Eran jóvenes, pero lo bastante inteligentes para saber cuándo convenía retirarse. Lo inmejorable no podía superarse.

9

Seis meses antes de morir de un tumor cerebral (a la injusta edad de treinta y nueve años), y cuando la mente aún le funcionaba (en general), Chuck contó a su mujer la verdad sobre la cicatriz en el dorso de su mano. No era nada del otro mundo, no era una gran mentira, pero en ese momento de su vida en rápido declive le parecía importante dejar las cosas claras. La única vez que ella le había preguntado al respecto (en realidad era una cicatriz muy pequeña), él le contó que se la había hecho un chico llamado Doug Wentworth, quien, cabreado con él porque tonteó con su novia en un baile en secundaria, lo empujó contra una alambrada delante del gimnasio.

—¿Qué pasó realmente? —preguntó Ginny, no porque fuera importante para ella, sino porque parecía importante para él. A ella no le preocupaba mucho lo que le hubiera ocurrido en secundaria. Según los médicos, era probable que muriese antes de Navidad. Eso era lo que a ella le importaba.

Cuando terminaron su fabuloso baile y el DJ puso otro tema, más reciente, Cat McCoy corrió junto a sus amigas, que se rieron y chillaron y la abrazaron con un fervor del que solo eran capaces las niñas de trece años. Chuck estaba bañado en sudor y tan acalorado que tenía la sensación de que iban a incendiársele las mejillas. También sentía euforia. En ese momento solo deseaba oscuridad, aire fresco y soledad.

Pasó por delante de Dougie y sus amigos (que no le prestaron la menor atención) como un niño en un sueño, empujó la puerta del fondo del gimnasio y salió al patio asfaltado. El aire frío del otoño apagó el fuego de sus mejillas, pero no su euforia. Alzó la vista, vio un millón de estrellas y entendió que, por cada una de las estrellas de ese millón, había otro millón detrás.

El universo es inmenso, pensó. Contiene multitudes. También me contiene a *mí*, y en este momento soy maravilloso. Tengo derecho a ser maravilloso.

Con un *moonwalk*, retrocedió hasta la canasta de baloncesto, moviéndose al ritmo de la música que sonaba dentro (al hacer su pequeña confesión a Ginny ya no recordaba qué música era, pero, para que conste, era «Jet Airliner», de la banda de Steve Miller), y giró con los brazos extendidos. Como para abrazarlo todo.

Sintió un dolor en la mano derecha. No un gran dolor, solo un simple pinchazo, pero bastó para arrancarlo de su jubilosa elevación del espíritu y devolverlo a la Tierra. Vio que le sangraba el dorso de la mano. Mientras realizaba su rotación de derviche bajo las estrellas, había golpeado con la mano extendida la valla y se había cortado con un alambre saliente. Era una herida superficial, apenas justificaba una tirita. Aun así, dejó una cicatriz. Una pequeña media luna blanca.

—¿Qué necesidad tenías de mentir sobre una cosa así? —preguntó Ginny. Sonreía cuando le cogió la mano y le besó la cicatriz—. Lo entendería si hubieras añadido que hiciste picadillo a ese matón enorme, pero nunca dijiste eso.

No, eso no lo dijo, y jamás tuvo el menor problema con Dougie Wentworth. Para empezar, era un bruto de lo más animoso. Por otra parte, Chuck Krantz era un enano de séptimo, indigno de la menor atención.

¿Por qué *había* mentido, pues, si no fue para presentarse como el héroe de una historia ficticia? Porque la cicatriz era importante por otra razón. Porque formaba parte de una historia que no podía contar, por más que ahora hubiese un bloque de apartamentos en el solar de la casa victoriana en la que había pasado la mayor parte de su infancia. La casa victoriana *encantada*.

La cicatriz significaba más, así que él la había agrandado. Pero no podía agrandarla tanto como en realidad merecía. Eso tenía poco sentido, pero era lo máximo que podía conseguir su mente en plena desintegración mientras el glioblastoma proseguía con su guerra relámpago. Por fin había contado a su mujer la verdad acerca de esa cicatriz, y tendría que bastar con eso.

10

El abuelo de Chuck, su *zaydee*, murió de un ataque al corazón cuatro años después del baile del Sarao de Otoño. Ocurrió mientras subía por la escalinata de la biblioteca pública para devolver un ejemplar de *Las uvas de la ira*, que, según dijo, era tan bueno como recordaba. Chuck estaba en tercero del instituto, cantando en una banda y bailando como Jagger durante los solos instrumentales.

El abuelo se lo dejó todo. El patrimonio, en otro tiempo bastante amplio, se había reducido considerablemente a lo largo de los años desde la prematura jubilación del abuelo, pero quedaba aún dinero suficiente para costear la enseñanza universitaria de Chuck. Más adelante, la venta de la casa victoriana sirvió para financiar la vivienda (pequeña pero en un buen barrio, con un encantador cuarto trasero como espacio de juego para los niños) a la que se mudaron Virginia y él después de su luna de miel en los Catskills. Como empleado recién contratado en el Midwest Trust —un modesto cajero—, jamás se habrían podido permitir esa casa sin la herencia del abuelo.

Chuck se negó en redondo a trasladarse a Omaha y vivir con los padres de su madre. «Os quiero —dijo—, pero aquí es donde me crie y donde quiero seguir hasta que me vaya a la universidad. Tengo diecisiete años, no soy un niño.»

Así que ellos, los dos retirados desde hacía tiempo, fueron a instalarse con él en la casa victoriana durante los aproximadamente veinte meses que faltaban para que Chuck se marchara a la Universidad de Illinois.

Sin embargo, no pudieron asistir al funeral ni al entierro. Ocurrió deprisa, como el abuelo deseaba, y los padres de su madre tenían cabos sueltos que atar en Omaha. La verdad fue que Chuck no los echó de menos. Estaba rodeado de amigos y vecinos a los que conocía mucho mejor que a los padres gentiles de su madre. Un día antes de la llegada prevista, Chuck abrió por fin un sobre de color marrón que había en la mesa del recibidor. Era de la funeraria Ebert-Holloway. Contenía los efectos personales de Albie Krantz, al menos aquellos que llevaba en los bolsillos cuando se desplomó en la escalinata de la biblioteca.

Chuck vació el sobre en la mesa. Cayeron varias monedas con un tintineo, unos cuantos caramelos Halls para la tos, una navaja plegable, el nuevo teléfono móvil que el abuelo apenas había tenido ocasión de utilizar y el billetero. Chuck cogió este último, olió el cuero viejo y flácido, lo besó y lloró un poco. Ahora sí que era huérfano.

Allí estaba también el llavero del abuelo. Ensartó en el aro el dedo índice de la mano derecha (la que tenía la cicatriz en forma de media luna) y subió por el corto y sombrío tramo de escalera hasta la cúpula. Esa vez no solo sacudió el candado Yale. Después de buscar durante un rato, encontró la llave apropiada y lo abrió. Dejó el candado colgando de la arandela, empujó la puerta e hizo una mueca al oír el chirrido de las bisagras viejas sin engrasar, preparado para cualquier cosa.

11

Pero no había nada. La habitación estaba vacía.

Era pequeña, circular, de no más de cuatro metros de diámetro. En el extremo opuesto había una única ventana ancha, con el polvo de años incrustado. Aunque ese día brillaba el sol, penetraba por ella una luz turbia y difusa. De pie en el umbral, Chuck alargó un pie y palpó las tablas con la puntera, como un niño probaría el agua de un estanque para ver si está fría. No crujieron ni cedieron. Entró, dispuesto a retroceder de un brinco en el momento en que notara que el suelo empezaba a combarse, pero era sólido. Cruzó la habitación hasta la ventana, dejando huellas en la gruesa capa de polvo.

El abuelo había mentido sobre el mal estado del suelo, pero su descripción de la vista era exacta. Ciertamente no era gran cosa. Chuck vio el centro comercial más allá de la franja de vegetación y, más allá, un tren de Amtrak que avanzaba hacia la ciudad tirando de un convoy de cinco vagones de pasajeros. En ese momento del día, superada ya la hora punta para los desplazamientos de cercanías, debía de llevar pocos viajeros.

Chuck permaneció ante la ventana hasta que el tren desapareció y después siguió sus propias huellas de regreso a la puerta. Cuando se volvía para cerrarla, vio una cama en medio de la habitación circular. Era una cama de hospital. En ella yacía un hombre. Parecía inconsciente. No había aparatos, pero aun así Chuck oía uno: *bip... bip... bip*. Un monitor cardíaco, quizá. Había una mesa junto a la cama, y en ella varias lociones y unas gafas de montura negra. El hombre tenía los ojos cerrados. Una mano asomaba por encima de la colcha, y Chuck observó sin sorprenderse la cicatriz en forma de media luna en el dorso de la mano.

En esa habitación el abuelo de Chuck —su *zaydee*— había visto muerta a su mujer, con las barras de pan, que tiraría de los estantes al desplomarse, esparcidas alrededor. Es la espera, Chuckie, había dicho. Esa es la parte difícil.

Ahora se iniciaría su propia espera. ¿Cuánto se prolongaría esa espera? ¿Qué edad tenía el hombre del hospital?

Chuck se adentró de nuevo en la cúpula para observarlo de cerca, y la visión se esfumó. Ni hombre ni cama de hospital ni mesa. Se oyó un último *bip*, muy tenue, del monitor invisible; luego también eso cesó. El hombre no se desvaneció, como hacían las apariciones espectrales en las películas; sencillamente desapareció, insistiendo en que de hecho nunca había estado allí.

No estaba, pensó Chuck. Insistiré en que no estaba, y viviré mi vida hasta que termine. Soy maravilloso, merezco ser maravilloso, y contengo multitudes.

Cerró la puerta y encajó el candado con un chasquido.